CHRISTINE MACK

SOLANGE WIR TRÄUMEN

W0473056

Gedruckt nach der Richtlinie des
Österreichischen Umweltzeichens
„Druckerzeugnisse",
Druckerei Theiss GmbH, Nr. 869

MIX
Papier aus verantwortungsvollen Quellen
FSC
www.fsc.org
FSC® C012536

Copyright © 2016 Picus Verlag Ges.m.b.H., Wien
Alle Rechte vorbehalten
Grafische Gestaltung: Dorothea Löcker, Wien
Umschlagabbildung: © plainpicture/Ekaterina Vasilyeva
Druck und Verarbeitung:
Druckerei Theiss GmbH, St. Stefan im Lavanttal
ISBN 978-3-7117-2034-4

Informationen über das aktuelle Programm
des Picus Verlags und Veranstaltungen unter
www.picus.at

CHRISTINE MACK

SOLANGE WIR TRÄUMEN

ROMAN

PICUS VERLAG WIEN

PLATZ MACHEN

Norbert und Martha schoben den Leiterwagen rund um das Haus und den Feldweg entlang. Josefa lief nebenher, bückte sich, pflückte Blumen. Dann stieg sie zu mir in den Wagen. Sie sang, und ihre Stimme bebte im Takt der holpernden Räder. Viel zu lang schon fuhren sie uns spazieren. Mir fielen die Augen zu, die Hände waren kalt. Es dämmerte bereits, große brummende Käfer flogen mir ins Gesicht. Alles Weinen half nicht. Martha und Norbert meinten, wir könnten nicht heim, solange man uns nicht rufen würde. Da war sie endlich, die Stimme der Großmutter. Bruder und Schwester liefen los, der Leiterwagen schlingerte, die Hühner stoben auseinander. Es holperte, meine Zähne schlugen aufeinander, und vor der Haustür bremsten sie den Wagen ab und ich fiel nach vorne auf Josefa.

Großmutter stand in der Tür. Sie setzte mich wieder hin, und da sah ich Vater aus dem Haus kommen, mit einem Bündel in der Hand. Das legte er in den Wagen, zwischen Josefa und mich. Das ist

Kathi, sagte er. Für die haben wir auch noch Platz. Schon wieder kein Bub, sagte Norbert und ließ die Lenkstange fallen. Wir schauten auf das kleine Wesen, das da lag. Was sollte ich mit ihm anfangen, wenn es nicht einmal Arme zu haben schien? Eine kleine Nase lugte unter einer Haube hervor. Ich legte eine Hand auf das Gesichtchen, berührte die Augen. Als es blinzelte, zog ich die Hand zurück. Es hatte viele Haare und bewegte den Kopf hin und her, öffnete die kleinen Lippen, als würde es etwas suchen. Bestimmt hat es Hunger. Mami, sagte ich. Wir sollten das Kind Mami zeigen.

ZUSAMMENLÄUTEN

Wenn ich dem Nikolaus das Abendgebet aufsagen könne, dann würde er für mich ein Geschenk aus dem Sack holen, sagten sie. Jesukindlein komm zu mir, mach ein frommes Kind aus mir. Mein Herz ist klein, darf niemand hinein als mein liebes Jesulein. Den ganzen Tag sprudelte das Gebet aus meinem Mund, während des Essens und beim Keksausstechen. Die Großen redeten vom Krampus, der aus der Hölle komme, Hörner habe er wie ein Stier, und die Zunge hänge weit aus seinem Mund. Sie erzählten, in der Hölle sei es heißer als im Ofen. Der Krampus werde den Nikolaus begleiten, und wenn Kinder über das Jahr arg schlimm gewesen seien, würde er sie mit der Rute verhauen.

Der Nikolaus wurde erwartet, nachdem es dunkel geworden war. Ich konnte mich trotz Ermahnungen der Großen nicht ruhig halten. Die Stube war erfüllt vom Geruch nach Lebkuchen und heißer Milch. Als die Haustür ging und im Vorhaus Ketten rasselten, kletterte ich von der Ofenbank auf Marthas Schoß. Es klopfte, der Nikolaus mit langem Bart, weißem Kleid, Bischofsmütze und Bischofsstab kam herein. Hinter ihm schlüpften schaurige Gestalten in die Stube, die unentwegt mit Ketten rasselten und gurrende Laute von sich gaben. Ihre Gesichter waren rot, die Zungen lang. Der Nikolaus kam an den Tisch, der Besuch aus der Hölle blieb mit drohenden Gebärden an der Tür stehen. Die Großen sprachen ein Gebet, sangen etwas. Dann sollte ich mein Gebet sagen. Meine Stimme zitterte wie die Flamme der Kerze auf dem Adventkranz. Ich ließ die Krampusse nicht aus den Augen. Der Nikolaus verteilte Orangen, Kekse und Malbücher an uns Kinder. Mein Bruder fing an, mit den Krampussen zu reden, lachte sie aus, machte eine lange Nase. Plötzlich kamen sie aus der Ecke auf Norbert zu. Sie rasselten mit den Ketten und schwangen die Ruten. Norbert lachte, und die schrecklichen Gestalten stießen drohende Laute aus. Sie zerrten ihn von der Bank, legten ihn auf den Boden und hielten ihn fest. Jemand sollte dem Norbert helfen, schrie ich. Martha sagte etwas in mein Ohr. Ich sah nur Norbert, der auf dem Boden lag und bis zu den Hüften in einem Sack verschwunden war.

Ich rutschte von Marthas Schoß, kletterte über die Ofenbank auf die warme Herdplatte, stieg über Töpfe zum Wasserschiff und hinauf auf den Kachelofen. Dort hingen auf Stangen Fäustlinge, Hauben und Windeln zum Trocknen. In einem Sack raschelten Nüsse. Die Großen redeten, lachten. Aber niemand half Norbert. Mein Flennen und Rufen schien keiner zu hören. Ich nahm den Sack mit Nüssen, um ihn auf die Krampusse zu werfen. Sie brauchten nur die Hände nach mir ausstrecken, dann würden sie mich packen und mit in die Hölle nehmen, kam es mir in den Sinn. Fest hielt ich den gefüllten Sack mit beiden Händen umschlossen. Berti, Berti, weinte ich, und mitten in mein Schluchzen hinein hörte ich die Stimme der Großmutter. Ich hatte ihre Stimme lange nicht mehr gehört. Als sie gestorben war, hatte mich die Nachbarin in die Kammer geführt, mich zum Sarg hochgehoben und gesagt: Anni, deine Großmami ist jetzt im Himmel. Der Sarg ist also der Himmel, hatte ich gedacht. Sehr bleich, mit geschlossenen Augen und gefalteten Händen war sie, mit einem schwarzen Spitzentuch zugedeckt, darin gelegen. Ich hatte mich nicht mehr an ihre Stimme erinnern können und auch nicht, wie Großmutter noch bei uns in der Stube gesessen war. Jetzt war ihre

Stimme wieder da. Ich sah mich um. Da war kein Gesicht, nur ihre Stimme, und mit ihr veränderten sich die Laute im Raum. Das Lachen, Rufen, Fauchen und Rasseln verwandelte sich in Glockenläuten. Schweres Glockengeläute erfüllte mit einem Male die Stube, das klang wie das Zusammenläuten vor dem Kirchgang. Es kam mir vor, als wäre ich in der Kirche und Großmutter würde neben mir laut beten. Die Stubentür fiel ins Schloss. Es wurde ruhiger im Zimmer.

Anni, hörte ich durch ein Wolkenmeer aus Stimmen meinen Namen rufen. Hände hoben mich vom Ofen. Meine Augen suchten meinen Bruder. Er saß auf der Bank mit rotem Gesicht und zerzaustem Haar. Josefa kämmte es. Der Nikolaus und die Krampusse waren fort. Die Stimme der Großmutter auch.

DREIMÄDERLHAUS

Bring mir einen Schnaps, sagte Josefa. Und der Kathi ein Kracherl.

Ich war die Kellnerin und leerte aus dem Häfen die Buttermilch in Schnapsgläser. In jedes Glas gab ich einen Löffel Zucker, rührte um und brachte die Getränke den Gästen, die mit Puppe und Teddybär im Garten auf der Bank saßen. Ich setzte mich auf die Schaukel und trank die süße Buttermilch. Kathi steckte die Zunge ins Glas. Im Wirtshaus benimmt man sich, sagte Josefa. Kathi schleckte weiter Buttermilch aus dem Glas. Josefa nahm Kathi beim Haarschopf und zog ihren Kopf zurück. Kathi lachte. Das Weiß der Buttermilch säumte ihren Mund. Wenn wir groß sind, werden wir zusammen ein Haus bauen, sagte Josefa und blinzelte in die Frühlingssonne. Aber Kathi muss tun, was man ihr sagt, sonst geht das nicht gut.

Werden wir auch heiraten?, fragte ich.

Sicher, sagte sie. Wir werden viele Kinder haben.

Josefa, sagte ich, du bekommst die Kinder. Ich koche für alle und putze das Haus.

Die Kathi bekommt auch Kinder, sagte Josefa.

Ich heirate nur den Nachbar Franz, sonst niemanden, sagte Kathi. Von mir aus mach ich den Garten, aber für Kinder habe ich dann keine Zeit.

Soll nur ich Kinder kriegen?, fragte Josefa.

Du brauchst nur die Kinder bekommen, erklärte ich. Ihnen das Flascherl geben und sie wickeln. Das ist fast nichts.

Genau, sagte Kathi. Das ist fast nichts.

Darüber müssen wir noch reden, sagte Josefa und leerte das Stamperl in einem Zug.

ABHAUSEN

Im Hof war Schnee vom Dach gerutscht. Im Schein der erleuchteten Fenster rodelten wir Kinder bis zum Abend über den Dachlawinenhügel. Längst waren meine Finger steif vor Kälte. Im Stall melkte die Magd die Kühe und mein Vater fuhr den Mist aus. Als er damit fertig war, holte er uns hinein in die Wärme des Kuhstalls. Vater setzte sich auf den Melkschemel und ich kletterte auf seinen Schoß. Die Geschwister hockten sich auf den umgestürzten Futtertrog. Meine halb erfrorenen Finger wärmten sich in Vaters schwieligen, warmen Händen. Vater begann zu singen. Seine Beine wippten im Takt. Er sang vom Bauern, der seinen Knecht auf das Feld schickt, das er pflügen sollte. Als dieser aber nicht heimkommt, sendet er einen Prügel aus, der den Knecht prügeln soll. Auch der kommt nicht heim, so schickt er das Feuer aus, das den Prügel brennen soll. Nun bleibt auch das Feuer aus, und so schickt er das Wasser, und das soll das Feuer löschen. Aber auch das Wasser kommt nicht, nun treibt er den Ochsen, der soll das Wasser saufen. Der Ochse sauft das Wasser, das Wasser löscht das Feuer, das Feuer brennt den Prügel, der Prügel prügelt den Knecht, und dann kommen alle gemeinsam nach Hause. Das Kettenrasseln der wiederkäuenden Kühe fand in der Geschichte seinen Platz. Die Magd schob frisches Stroh zwischen die schweren Leiber. Danach kehrte sie den Stallboden sauber. Über den Hof hörten wir Mutter rufen. Wo seid's denn, die Suppe is fertig! Gehn ma, sagte Vater und hob mich von seinem Schoß. Hinter uns schloss die Magd die Stalltür.

Der Geruch von warmer Milch und Kümmel erfüllte die Stube. Wir fünf Kinder, die Magd, Opa und Vater setzten sich um den Tisch. Mutter brachte die Schüssel mit der dampfenden Rahmsuppe. Vater malte mit dem Daumen ein Kreuzzeichen auf den Laib und schnitt große Stücke, die wir zerbröckelten und in die Rahmsuppe streuten. Die Martha möcht mit ihrer Klasse auf Skikurs fahren, sagte Mutter während des Essens. Vater sah zu Martha. Diese hielt den Blick gesenkt und ließ ihren Löffel für eine kurze Weile im Mund. Was kostet die Gaudi?, fragte Vater. Martha nahm den Löffel aus dem Mund.

Dreihundert Schilling. Aber Ski bräucht ich auch. Mit den alten Bretteln schäm ich mich. Vater richtete sich auf. Schämst dich dafür, dass wir uns keine andern leisten können? Ich arbeite wie ein Depp, und ihr macht euch derweil a Gaudi. Entweder du fährst mit die Holzski oder du bleibst daheim. Dreihundert Schilling fürs Skifahrn. Den Luxus hab ich in meinem Leben noch nie gehabt!

Seine Stimme war laut geworden. Sie bebte und dröhnte in meinen Ohren. Jetzt wird ihm hoffentlich niemand dagegenreden. Martha legte den Löffel weg und stand auf.

Da bleibst!, schrie Vater und langte über den Tisch zu Martha hinüber und fasste sie am Pullover. Sie setzte sich wieder. Mutter seufzte.

Alleweil müssen wir uns anhören, dass kein Geld da ist. Dass wir abhausen. Wegen allem machst ein Theater, wenn die Kinder was brauchen. Aber du gehst drei Mal in der Woche ins Wirtshaus.

Ich hoffte, Mutter würde nichts mehr sagen. Vaters Gesicht war rot und er atmete schwer. Ich versteckte mich hinter dem Rücken der Magd. Vaters Löffel flog über den Tisch auf den Fußboden. Mit einem Satz war er an der Tür und warf sie laut krachend hinter sich ins Schloss. Kathi schluchzte und versteckte ihr Gesicht in Mutters Schürze. Mutter wischte mit der Hand über ihre Wangen. Opa aß weiter die Rahmsuppe aus der Suppenschüssel.

Ich kroch auf den warmen Kachelofen, um zu träumen. Morgen würde ein Goldesel bei den Kälbern im Stall stehen. Ich würde Kübel voller Goldmünzen sammeln, die aus seinem Hintern auf den Boden fallen würden. Warme Stiefel und schöne Kleider würde ich um die Münzen kaufen. Dann müsste das Gewandweib aus der Stadt nicht mehr kommen, das oft an Sonntagen mit zwei Koffern voller Kleidungsstücke vor der Tür stand. Und eine Sprechpuppe würde ich mir schenken.

Ski für Martha würde ich um die Goldmünzen kaufen. Sie würde damit vom Dach herunter über die Schneelawinenpiste sausen.

UNTERGEHEN

In den letzten Tagen hatte es unentwegt geregnet. Nun lugte die Sonne zeitweise zwischen den Wolken hervor. Kinder, sagte Mutter, geht nach dem Essen zur Brandstätteromi und bringt ihr Salatpflanzerln. Sie wartet schon drauf.

Nach dem Mittagessen schlüpften wir drei Schwestern in die schwarzen Gummistiefel. Bei der Brandstätteromi würden wir unsere Cousinen und Cousins treffen. Die Brandstätteromi würde uns Weinbeißer zustecken. Hinter dem Haus befand sich eine schräg abfallende Stützmauer, unsere Kletterwand. Dort verbrachten wir bei unseren Besuchen ganze Nachmittage. Kathi, sagte Mutter, bleib du doch daheim. Der Weg ist zu weit für dich.

Kathi ging mit. Der Weg führte zuerst über den Güterweg, dann über einen Feldweg hinauf in den Wald, den wir vom Beerenpflücken kannten. Im Sommer würden wir wieder mit der Magd im Unterholz Himbeeren pflücken gehen. Bremsen beißen, Sträucher werden wieder unsere Beine zerkratzen, und die mitgebrachten Kübel würden eine Ewigkeit lang nicht voll werden. Die Magd würde keine Ruh geben, bevor nicht jede Beere gepflückt wäre. Und im Himbeersaft würden nachher die Würmer schwimmen. Noch vor dem Waldrand fragte Kathi: Wir sind gleich da, gell? Jetzt sind wir erst weggegangen, sagte Josefa. Schau, da ist ja noch unser Haus. Sie drehte sich um und zeigte hinunter auf den Hof, der noch sehr nahe lag. Sie zog die kleine Schwester an der Hand hinauf in den Wald, ich trug den Kübel mit den Pflänzchen. Als wir beim Wald oben angelangt waren und durch das Gehölz wanderten, stimmte Josefa das Lied vom Schneider an, der eine Maus fing, ihr das Fell abzog und sich eine Tasche nähte. Mutter hatte uns das Lied beigebracht. Singend durchschritten wir den Wald, und als wir auf der anderen Seite herauskamen, sahen wir den Koglerhof vor uns.

Aber jetzt sind wir gleich da, meinte Kathi und hüpfte zwischen uns Schwestern auf dem aufgeweichten Weg herum. Nein Kathi, wir haben nicht mal den halben Weg, sagte ich, und bereute sogleich, es ehrlich gesagt zu haben. Ich kann aber nicht mehr gehen, jammerte sie und hätte sich auf dem Feldweg niedergelassen, wenn Josefa sie nicht mit beiden Armen aufgefangen hätte. Dann bleib beim Kogler. Wir holen dich dort wieder ab, schlug sie vor. Das wollte Kathi nicht, obwohl es beim Kogler eine wunderbare Holzeisenbahn mit Schienen gab, die man durch die ganze Stube legen konnte. Wärst daheim geblieben, schimpfte ich und eilte voraus, dem Koglerhof zu, wo wir weiter auf dem Güterweg gehen würden. Josefa zog die kleine Schwester wieder hinter sich her und rief mir nach, ich sollte mehr Verständnis für Kathi haben, und ich hätte doch sicher auch wollen, dass sie mitkommt. Ich ärgerte mich über Josefa, die schon wieder zu beschwichtigen versuchte. Kathi wäre schon nachgekommen, wenn wir einfach weitergegangen wären.

Auf dem Güterweg war gegraben worden, eine asphaltierte Straße sollte hier entstehen. Der Regen der vergangenen Tage hatte den Weg zu einer Lehmgrube werden lassen. Es nützte nichts, wir mussten diesen Weg gehen, um der Brandstätteromi die Salatpflanzen zu bringen. Das Gras neben dem Weg war lang und nass. Nun waren auch meine Schwestern herangekommen, und gemeinsam betraten wir den Fahrweg, der sich wie ein Sumpf vor uns auftat. Josefa ging voran, ich hinter ihr und Kathi zwischen uns. Unsere Stiefel klatschten im Dreck. Wir hatten Mühe, unsere Füße aus dem Dreck zu ziehen und dabei die Stiefel nicht zu verlieren. Nach einigen Schritten konnte ich endlich in der Ferne das Brandstätterhaus sehen. Noch hatten wir ein gutes Stück zu gehen. Hoffend, dass der Fahrweg bis dorthin nicht wirklich ein Sumpf sein würde, blickte ich nach vorne. Kathi war still geworden. Plötzlich blieb sie vor mir stehen. Sie versuchte zuerst das linke, dann das rechte Bein zu heben. Beide blieben im Sumpf stecken. Ich griff Kathi unter die Arme, versuchte sie hochzuheben. Das Gleiche versuchte Josefa, die uns ein paar Schritte voraus gewesen und nun wieder zurückgekommen war. Sie konnte zumindest Kathis Füße ein klein wenig aus den Stiefeln ziehen, aber die Schuhe blieben, wo sie waren. Kathi rutschte wieder zurück in die Stiefel. Sie begann leise zu schluchzen. Kathi, wir schaffen das schon, tröstete sie Josefa und zog ihre kleine Schwester zu sich und umarmte sie. Nun bebte der ganze kleine Körper. Du musst die Gummistiefel ausziehen, sagte ich. Aber das geht nicht, sagte sie, sich bemühend, während wir sie stützten, ihre Füße aus den Schuhen zu ziehen. Probier's noch einmal, sagte Josefa, mit mehr Schwung. Kathi versuchte noch einmal mit ganzer Kraft aus dem linken Stiefel zu steigen. Dabei kippte sie auf die rechte Seite. Josefa versuchte sie aufzufangen und fiel auf die Knie. Kathi fand ihr Gleichgewicht wieder, weil ich ihren linken Arm gefasst und sie in meine Richtung gezogen hatte. Nun weinte Josefa, weil sie im Sumpf kniete und ihre Hose und die Hände voller Dreck waren. Auch Kathi heulte. Sie zog den Rotz hoch, der ihr aus der Nase in den Mund rann. In meinen Ohren klang das laute Weinen so sehr nach Verlorenheit, dass auch mich Hoffnungslosigkeit überkam. Ich sah mich um, ob nicht jemand in der Nähe wäre, um uns da herauszuholen. Aber wir waren allein hier, das Weinen meiner Schwestern und mein lautes Rufen schien niemand zu hören. Ich geh zum Kogler, sagte ich. Die werden uns helfen. Ich stapfte vom Fahrweg auf die Wiese und ging durch das hohe, nasse Gras dem Koglerhof zu. Als ich mich einmal umdrehte, sah ich, wie Josefa wieder auf die Beine zu kommen versuchte. Was, wenn ich beim Kogler niemanden finden konnte und meine Schwestern noch weiter versinken würden? Ich hatte gehört, dass in Mooren Menschen versunken waren, die nie wieder jemand gefunden hatte. In einem Sagenbuch hatte ich ein Bild gesehen, auf dem nur noch die Hand eines

Menschen aus dem Moor herausschaute. Daran erinnerte ich mich. Was, wenn nun auch meine Schwestern versinken würden? Nun musste auch ich weinen. Mutter hatte recht gehabt, Kathi hätte daheim bleiben sollen. Dickschädel nannte Mutter Kathi, und Vater schlug manchmal auf ihren Hintern, weil sie nicht tat, was sie sollte. Einmal hatte sie sich einen ganzen Tag hinter der Eckbank verkrochen, wo niemand sie herausholen konnte. Josefa war davor gesessen und hatte ihr zugeredet, geweint und gebettelt, sie möge doch hervorkommen. Aber Kathi war geblieben, wo sie war, bis der Hunger sie überwältigt hatte. Und nun steckte der kleine Dickschädel hier fest. Sie wollte nicht daheim bleiben, weil sie bei ihren Schwestern sein wollte. Ich begann wieder zu laufen.

Die Koglerin drehte sich erschrocken um, als ich ohne anzuklopfen in die Stube stürzte. Ein Teller fiel ihr aus der Hand und rollte hinter die Bank.

Die Kathi ist stecken geblieben, rief ich. Sie geht unter. Die Bäuerin trat auf mich zu, verstand mich nicht, weil ich so sehr weinte. Anni, was ist mit der Kathi?

Ich schluckte und versuchte es noch einmal. Wir bringen die Kathi nicht mehr raus, die Josefi und ich.

Viel zu langsam holte die Bäuerin den Teller unter der Bank hervor und zog sich ihre Gummistiefel an. Sie sollte ihren Mann mitnehmen, weil alleine würde sie es nicht schaffen, dachte ich. Vielleicht würden sie einen Traktor brauchen. Wenn sie nur nicht weiter eingesunken sind, überlegte ich. Josefa würde Kathi mit ganzer Kraft halten, niemals würde sie die kleine Schwester im Stich lassen. Eher würde sie mit ihr untergehen. Vielleicht waren sie schon versunken. Dann war das der Weltuntergang, für mich und für alle daheim.

Wir gingen durch die Scheune und über die Wiese. Endlich konnte ich meine Schwestern wieder sehen. Sie waren nicht untergegangen. Kathi stand noch immer dort, und Josefa kniete vor ihr und hielt ihre Hand. Als wir näher kamen, sah ich Kathis nasse Hose. Meine kleine Schwester hatte sich verloren geglaubt. Wir helfen euch schon, sagte ich, nun wieder hoffnungsvoll und erleichtert, dass die Lage sich nicht verschlimmert hatte. Die Bäuerin trat in den Sumpf, mit zwei großen Schritten war sie bei meinen Schwestern. Sie bückte sich, nahm Kathi unter den Achseln, Kathi schlang die Ärmchen um ihren Hals, und die Bäuerin hob Kathi mit einem Ruck aus den Stiefeln. Meine Stiefel, schrie Kathi, ich brauch meine Stiefel!

Die Koglerin trug Kathi zu mir auf die Wiese. Zuerst helfen wir der Josefi, sagte sie, dann kümmern wir uns um die Stiefel. Josefa nahm die Hand der Koglerin, mühte sich hoch und stapfte zu uns auf die Wiese. Die Bäuerin zog an Kathis Stiefeln, die im Dreck steckten. Die Kathi ist in den Himmel gefahren, sagte ich, und alle lachten wir. Ich zog Kathi ganz eng an mich, so wie ich sie noch nie gedrückt hatte. Und ich berührte mit meinen Wangen ihre Wangen. Mein Gesicht wurde nass von Rotz und Tränen. Ich nahm Josefas Hand und musste vor Dankbarkeit gleich wieder weinen.

Die Koglerin nahm uns mit in ihre Stube. Sie zog uns die nassen und verschmutzten Sachen aus und gab uns Kleider, die sie als Kind getragen hatte. Sie rochen nach Moder und waren zu groß, aber sie waren warm und trocken. Sie kochte uns Tee und ließ uns mit der Eisenbahn spielen. Wir müssen aber der Brandstätteromi die Salatpflanzen bringen, sagte Josefa. Da geh ich morgen hin, sagte die Koglerin. Morgen ist der Weg trocken, und ich hab es ja nicht so weit.

Uns war es recht. Der Rosinenkuchen von der Koglerin schmeckte ohnehin besser als die Weinbeißer von der Brandstätteromi.

BIS DAS GUT WIRD

Bis das gut wird, rinnt noch viel Wasser die Donau hinunter, sagte Mutter, und die Bitterkeit stand ihr ins Gesicht geschrieben. Eine tiefe Furche bildete sich auf ihrer Stirn und ihre Lippen bebten, als sie das sagte. Es kann also wieder gut werden, dachte ich, wenn das Wasser der Donau zum Stillstand kommt. Ich wusste nicht, wie groß die Donau ist, und wie viel Wasser darin fließt. Die Donau war weit weg.

Noch nie war Mutter mit den Nachbarn im Streit gelegen. Wir waren die Klein-Fellner, die Nachbarn die Groß-Fellner. Im Geräteschuppen des Groß-Fellnerhofes standen ein großer Traktor und moderne Erntemaschinen. Im Stall hatten sie doppelt so viele Kühe wie wir. Man half einander, beratschlagte sich, brannte im Winter Schnaps und spielte mit anderen Nachbarn Karten. Die Frauen trafen sich zur kalten Jahreszeit zum Stricken und Federnschleißen. Mutter vermied es nun, jemandem vom Groß-Fellner zu begegnen.

Viel Wasser wird die Donau hinunterrinnen bis es gut wird, hatte meine Mutter gesagt. Oft saß ich auf dem Kirschbaum und starrte hinüber zum Nachbarhof. Hoffentlich ist die Donau kein reißender Fluss, überlegte ich. Ein reißender Fluss hört nie auf zu rinnen.

Nach der Schneeschmelze nahm Vater uns Kinder mit nach Linz. Ich war noch nie zuvor in Linz gewesen. Vor der Stadt führte die Straße an der Donau entlang, und in jeder Kurve fürchtete ich, Vater würde mit dem VW Käfer in den Fluss fahren. Das Wasser rann schnell. Viel zu schnell und gewaltig, um es nur irgendwie aufhalten zu können. Die braunen Wassermassen wälzten sich unter der Brücke hindurch, über die wir fuhren.

Wie tief ist die Donau, fragte ich Vater. Kannst du darin stehen, Papa?

Wo denkst hin, sagte er. Niemand kann drinnen stehen.

Wo rinnt es hin, das Wasser?, fragte ich.

Zum Meer, sagte Vater.

Ist das Meer groß genug für das Donauwasser?

Ins Meer mündet jeder große Fluss.

Und wenn die Donau im Meer ist, dann gibt es sie nicht mehr?

Ja, Anni, dann gibt es sie nicht mehr.

Kein Mensch würde das Donauwasser aufhalten

können. Es würde vom Meer verschluckt werden. Die Aussicht auf Eintracht mit dem Nachbarn war also hoffnungslos. Nicht einmal das Kracherl im Klosterhof schmeckte mehr. Die Donau wollte ich nie wieder sehen. Während der Heimfahrt starrte ich bis zum Tunnel zum rechten Autofenster hinaus. Dann verschwand das Wasser aus meinem Blickfeld.

Es wurde Mai. Heuer würde es keine Maiandacht an der Kapelle zwischen unseren Höfen geben. Mit meinen Schwestern pflückte ich einen Strauß Margeriten, den wir heimlich in einer Vase vor die verschlossene Gittertür stellten. Die Heilige Maria würde die alljährliche Maiandacht vermissen, dessen waren wir Kinder uns sicher. Einmal fragte ich Mutter, ob in der Donau noch immer das Wasser rinne. Warum soll es nicht mehr rinnen, wunderte sie sich. Weil du dann mit der Nachbarin wieder gut wärst, sagte ich. Was reimst du dir da zusammen, sagte sie, schüttelte den Kopf und dachte nicht daran, mir beim Zusammenreimen zu helfen. Ich hätte gerne gewusst, was die Mutter gekränkt hatte. Begonnen hatte der Hader letzten Winter mit dem Tod ihrer Firmpatin. Sie war die Schwester des Nachbarn gewesen.

Sooft ich zum Groß-Fellnerhof blickte, dachte ich an die Stimme der Nachbarin, die mir erlaubt hatte, im Schuppen mit den alten Schulsachen ihrer Kinder zu spielen. Mir fiel der Nachbar ein, der mich und meine Schwestern gebeten hatte, auf dem Heuboden nach den jungen Katzen zu suchen. Und ich dachte an die große Stube, wo der Fernseher stand. Es war lange her, dass wir auf dem gemütlichen Sofa gesessen und Tiersendungen angeschaut hatten.

Eines Tages holte ich heimlich aus der Speisekammer Kuchen. Niemals durften wir ohne zu fragen vom Kuchen nehmen. Ich stahl mich mit dem beladenen Teller durch das Maisfeld, das den Güterweg säumte. Der Mais war mir über den Kopf gewachsen. Niemand würde mich zum Nachbarn gehen sehen. Mit klopfendem Herzen stand ich schließlich vor dem gewaltig großen Hoftor. Mit der rechten Hand hängte ich mich an den eisernen Ring, als wäre er mein Rettungsanker. Der Riegel sprang geräuschvoll aus der Halterung, und knirschend öffnete sich das Tor. Der Kuchen war vom Teller gerutscht. Schnell hob ich ihn auf, um ihn vor den Hühnern zu retten, die gelaufen kamen. Es war still im Hof, nur die Tauben in den

Kobeln gurrten. Da stand ich nun und war mir plötzlich nicht mehr sicher, ob es richtig war, den Nachbarn Kuchen zu bringen. Womöglich wurde der Kuchen, der nun mit Staub und Mist übersät war, gar nicht gewollt. Als wäre ich in die Wogen des wilden Donauwassers geraten, rettete ich mich über die steile Stiege hinauf auf die Tenne. Ich fütterte die Tauben mit den Kuchenstücken. Dann stahl ich mich wieder aus dem Hof hinaus. Auf dem Heimweg lief mir Josefa entgegen. Daheim suchen sie dich, du blöde Kuh, schimpfte sie. Du sollst den Eltern keine Sorgen machen.

Sie zog mich an der Hand nach Hause. Mir fiel ein, dass ich den Teller auf der Tenne stehen gelassen hatte.

Wenige Tage später kam die Nachbarin über den Güterweg auf unseren Hof zu. Als sie sich unserer Haustür zuwandte, erkannte ich den Kuchenteller in ihrer Hand. Still saß ich in den Zweigen des Kirschbaums, als könnte ein Laut die Nachbarin dazu bringen, umzukehren. Sie verschwand ins Haus. Ich kletterte vom Baum und schlich mich bis zur Stubentür, um zu lauschen. Durch das Sichtfenster sah ich die Nachbarin in der Stube stehen. Meine Mutter hatte ihr keinen Platz angeboten. Eindringlich klangen die Worte der Nachbarin. Das war doch nicht gegen dich gemeint, Hedi. Was habst du dich so? Der Tante Resis Kreuz getragen hat bei ihrem Begräbnis, das ist ihr Ziehsohn gewesen, von dem wir nichts wussten. Er hat darum gebeten, das Kreuz tragen zu dürfen.

Meine Mutter sagte nichts, während die Nachbarin redete. Es tat gut, ihre Stimme zu hören. Warum sagte Mutter nichts? Sie hätte der Nachbarin einen Platz anbieten sollen. Enttäuscht ging ich wieder nach draußen zum Kirschbaum, um in den Astgabeln meinen sicheren Platz zu finden. Die Wellen türmten sich unter mir, und ich sah meine Nachbarin, wie sie im wilden Wasser der Donau mit den Armen rudernd um Hilfe rief. Und ich sah meine Mutter, die reglos am Ufer stand. Ich weiß nicht, wie viel Zeit vergangen war, als die Nachbarin aus unserer Haustür trat. Sie hob den Blick zu mir und kam näher. Anni, was sitzt du da oben und flennst? Kommst wieder einmal zum Fernsehen? Ich schluckte den Rotz und die Tränen, die sich in meinen Mund verirrt hatten, und nickte.

In der Stube saß Mutter mit geröteten Augen am Tisch. Mami, sagte ich, redet ihr jetzt wieder miteinander? Sie nickte und bewegte lautlos die Lippen. Ihr Blick schien versunken in etwas, was ich nicht sehen konnte. Die Furche auf ihrer Stirn war nicht mehr zu sehen. Ich sah zum Fenster hinaus. Die Nachbarin ging gerade durch das offene Tor ihres Hofes.

Papa, rief ich, als ich ihm auf dem Feldweg entgegenlief, können wir zur Donau fahren?

Was sollen wir denn bei der Donau, Anni?

Wir könnten sehen, dass das Wasser nicht mehr rinnt.

Warum soll es nicht mehr rinnen? Das Wasser in der Donau rinnt immer.

Nein, Papa. Weil Mami und die Nachbarin wieder gut sind, steht das Wasser still.

Was du dir immer zusammenreimst, sagte Vater.

NEUE RÄUME

Das Wohnhaus sollte umgebaut werden. Es würde viele Räume geben, eine Heizung, Warmwasser, ein Badezimmer und eine moderne Küche.

Warum sind wir jetzt reich?, fragte ich Vater.

Wir sind nicht reich, sagte er. Ich mache Schulden bei der Raiffeisenbank. Ganz viele Schulden.

Vater und die Magd steckten vor dem Haus die Anbaugrenzen ab. Ich durfte das Maßband halten, während die Magd die Pflöcke hielt, die Vater in die Erde rammte. Es war ein kalter Novembertag, die Sonne fand den Weg nicht durch den dichten Nebel. Im Frühling, wenn der Frost verschwunden sein würde, sollte der Bagger kommen und die Erde aufgraben. Bald konnte ich sehen, wie weit die neuen Mauern reichen würden. Ich stolzierte herum und tat, als würde ich die Räume schon bewohnen. In der blütenweißen Badewanne nahm ich ein Bad mit viel Schaum, wärmte Milch für den Kakao auf dem Elektroherd und schlüpfte ins Prinzessinnenbett.

Wo wird mein Zimmer sein?, fragte ich Vater.

Wo du stehst, im ersten Stock, meinte er. Da kannst du einziehen.

Josefa und Kathi hatten das Stubenfenster geöffnet und steckten die Köpfe heraus.

Hier ist mein Zimmer, verkündete ich und schritt den Raum ab, wie er in meiner Vorstellung vorhanden war. Da ist die Tür, hier steht das Himmelbett, erklärte ich. Und dort ist ein Tisch. Da mach ich die Hausübungen.

Aber wir wollen doch wieder gemeinsam ein Zimmer haben, rief Josefa.

Es gibt dann viele Zimmer, entgegnete ich. Für jeden eines. Nur mit Minka werde ich das Zimmer teilen. Die Katze war durch das Scheunentor gekrochen und strich mir nun um die Beine. Bestimmt würde sie lieber in einem Zimmer statt in der Scheune schlafen.

Du bist gemein, rief Josefa und schloss geräuschvoll das Fenster. Ich konnte sehen, wie sie sich über die Augen fuhr. Dass Josefa alles bestimmen wollte, fand ich ärgerlich.

So viele Zimmer werden es nun auch wieder nicht, sagte Vater. Neue Betten wird es keine geben. Wer soll denn die bezahlen?

Aber wenn du viel Geld borgen kannst, hätte ich antworten wollen. In Vaters Stimme war etwas Drohendes. So sagte ich's nicht.

Ich dachte an die dunklen Betten und Kästen

in unserer Kammer, die auch im neuen Haus unsere sein würden. Die Matratzen waren hart und staubig. Wer wohl aller darauf gelegen sein mochte? Schon wirbelten meine Träume aus dem Kopf. Der Wind trug sie davon und sie verschwanden spurlos im Nebel.

SELTSAME LEUTE

Anni, hol uns einen Krug Wasser vom Grub-Häusl, sagte Mutter.

Ich war mit den Eltern und der Magd zum Heuen auf der Häuslwiese. Weil ich noch nicht so recht zur Heuarbeit taugte, durfte ich mir im nahen Bach die Füße kühlen, auf dem Jägerstand sitzen und träumen. Wenn die Arbeitenden Hunger hatten, dann musste ich heim laufen und die Jause holen. Es war ein heißer Tag und die mitgebrachten Krüge waren leer getrunken. Ein Stück oberhalb der Wiese nahe am Wald stand das Grub-Häusl.

Ich geh lieber heim und bring euch was zu trinken.

Du gehst zum Häusl, das ist nicht so weit, sagte Mutter. Wir haben Durst.

Ich blickte hinauf zum Haus. Der Dachstuhl war eingedrückt und der Rauchfang war eine Ruine. Die zahnlose Berta wohnte in diesem Haus. Sie kam manchmal zu uns, um zu baden. Meine Eltern sagten, im Grub-Häusl gebe es keinen Strom und kein Warmwasser. Fließwasser gebe es nur im Vorhaus beim Grand. Weil Berta in der

Stadt arbeitete, war sie tagsüber nicht zu Hause. Es sollten noch andere Leute dort wohnen, hieß es, und die seien seltsam. Das Grub-Häusl hatte ich noch nie zuvor betreten.

Dort sollte ich nun alleine hingehen. Ein sechsjähriges Mädchen kann einen Krug Wasser wohl alleine holen, sagte Mutter. Also schritt ich mit dem leeren Krug den Hügel hinauf, vorbei an Mostbirnbäumen, die mir Schatten gaben. Meine Blicke hefteten sich auf das Haus, das viele Geheimnisse zu bergen schien. Von der Hauswand fehlten Ziegel. Hollerbüsche vor den kleinen Fenstern bedeckten die bröckelnden Steinwände. Ich stellte mir vor, wie der Dachstuhl einbrechen und das Haus unter sich begraben würde, während ich Wasser in den Krug füllte. Die holprige Gred machte mir das Gehen schwer. Die Latten des hölzernen Zaunes gegenüber des Hauseingangs hingen schräg an den Leisten. Dazwischen leuchtete das Rot von Ribiseln. Brennnesselstauden überwucherten die Beete. Am Ende der Hausmauer stand ein hölzernes Plumpsklo, dessen Güllegeruch über dem Garten hing. Nur meine Schuhe klapperten auf den Steinen, ansonsten war es merkwürdig ruhig. Die Tür zur Stube war angelehnt. Ich klopfte. Ein Quietschen war zu hören, als würde sich jemand vom Bett erheben. Wer ist denn da?, sagte ein krächzende Stimme. Langsam schob ich die Tür auf, und durch die Rauchwolke, die mir die Sicht verschleierte, sah ich eine magere Frauengestalt mit strähnigem Haar, in ein weites Nachthemd gehüllt. Sie hielt sich am Fußende des hohen Bettes fest und war wohl gerade aufgestanden. Nun machte sie einen Schritt auf mich zu. Ich atmete feucht-stickige Luft, die sich mit allem Möglichen mischte. Ich suchte nach Bertas schielenden Augen, die mir wenigstens vertraut waren. Rechts hing Geschirr an der Wand, der kleine Kachelofen war vollgeräumt mit Töpfen. Eine Hexenküche war das, und die Hexe wankte auf mich zu. Sie sagte etwas. Durch die Rauchwolken konnte ich sehen, dass ein Mann im Bett lag, der sich stöhnend umdrehte und die Decke hochzog. Die Frau vor mir hatte äußerst dürre Beine, und sie schwankten wie Stäbe, die nur lose angeschraubt waren. Bevor mich ihre Hände hätten greifen können, machte ich kehrt, umklammerte den Krug und stolperte hinaus auf die Gred. Ich schrie und übertönte die krächzende Stimme hinter mir. Und ich schrie noch immer, als ich die Wiese hinunterlief, in die Arme meiner Mutter. Die Großen lachten und schimpften mit mir, weil sie nun kein Wasser zu trinken hatten.

Die Magd nahm den Krug, ging den Hügel hinauf und kam mit kaltem Wasser zurück. Lotte, erzählte sie, sei ganz aufgebracht gewesen, weil ich davongelaufen sei.

Ich kletterte auf den Hochstand und blickte hinauf zum Häusl. Ich glaubte, durch eines der kleinen Fenster und durch die Ritzen der Mauern hindurchzusehen. Und dort würde sie stehen, die dürre Frau, die Lotte hieß. Mit langem, hochgestecktem Haar. In einem bunten Sommerkleid und rot geschminkten Lippen. Jahre zuvor mochte Lotte so ausgesehen haben. Möglicherweise war sie einmal Tänzerin oder Sängerin gewesen. Oder Schauspielerin, und hatte in der Stadt in einer schönen Wohnung gelebt. Ich stellte mir vor, wie sie in einem Heimatfilm in den Armen eines schönen Mannes gelegen war, der sie küsste. Vielleicht war sie krank geworden und musste ihren Beruf aufgeben. In Koffern auf dem Dachboden würden noch immer ihre schönen Kleider liegen. Bestimmt hatte ihr Mann das Geld versoffen, überlegte ich. Sicher war er es, der ihr Leben zerstört hatte. Er war es, der vorhin im Bett seinen Rausch ausgeschlafen hatte.

Jetzt sieht sie mich und winkt, dachte ich. Und ich winkte zurück.

BERUFUNG

Wer wird den Hof übernehmen, fragte der Pfarrer, als er auf Besuch kam und mit Vater in der Stube saß. Ich hatte mich dazugesetzt, weil ich dem Pfarrer mit der ehrwürdigen tiefen Stimme zuhören wollte. Er war ein alter Mann. Gerne tätschelte er die Wangen von Kindern und strich ihnen übers Haar. Seine Hände hatten keine Schwielen, sie waren weich und warm.

Die Anni könne den Hof haben, sagte der Vater.

Papa, sagte ich, ich bin nicht für die schwere Arbeit.

Das wird schon, erwiderte Vater.

Oder du gehst ins Kloster, meinte der Pfarrer und schob mir ein Heiligenbildchen zu. Es zeigte zwei Kinder, die über eine schmale Brücke gingen, und über ihnen schwebte schützend ein Engel.

Vergiss nicht, dass Bernadette dein Schutzengel ist, sagte der Pfarrer, und ich fragte mich, ob der Engel auf dem Bild meine tote Schwester sein konnte.

Die Klosterschwester, die öfter zu Besuch kam, hatte einmal im Jahr zwei Wochen Heimaturlaub.

Sie arbeitete in einem Pflegeheim, das zum Kloster gehörte. Viermal am Tag treffe man sich zum Gebet, hatte sie erzählt. Um fünf Uhr früh mussten sie schon in der Kapelle sein. Das wäre nichts für mich, und schon gar nicht wollte ich im Kloster eingesperrt sein.

Ich möchte mir einmal die Welt anschauen, sagte ich.

Dann gehst als Missionsschwester nach Afrika zu den Negerkindern, sagte der Pfarrer. Bist bestimmt eine Berufene. In der Zeitschrift »Stadt Gottes« hatte ich Bilder von fast nackten Kindern mit schwarzer Haut und Wasserbäuchen gesehen, sehr breiten Lippen und krausem Haar. Die Kinder hätten Hunger, denn es gebe nie genug zu essen, hatte Mutter erzählt. Dort sei immer Sommer, und wegen der Hitze wachse dort kaum etwas. Ich würde dort sterben, da war ich mir sicher.

Ja, vielleicht gehe ich zu den Negerkindern, sagte ich. Der Pfarrer nickte und strich mir übers Haar.

JESULIEBE

Die Geschichte von dem Mädchen, das sich mit Steinen die Milchzähne einschlug, damit es zur Erstkommunion durfte, hatte der Pfarrer bei der Erstkommunionsvorbereitung den Kindern erzählt. Und Josefa erzählte sie mir. Das Mädchen war zum Priester gekommen und hatte gebettelt, dass es zur Erstkommunion gehen wolle, obwohl es noch keine acht Jahre alt war. Der Priester hatte Nein gesagt, aber das Mädchen war immer wieder zu ihm gekommen. Es sei schon bereit für die Heilige Kommunion, hatte es behauptet. Der Priester hatte ihre Zähne sehen wollen und festgestellt, dass ihr Mund noch voller Milchzähne war. Erst wenn die ersten Schneidezähne ausgefallen seien, könne es zur Heiligen Kommunion kommen, hatte er gemeint. Am Tag der Erstkommunion war das Mädchen mit geschwollenen und aufgeplatzten Lippen in der Kirche erschienen. Wer aus Liebe zu Jesus so ein Opfer auf sich nehme, soll Jesus empfangen dürfen, hatte der Priester gemeint und dem Mädchen noch schnell die Beichte abgenommen, damit es mit den anderen Kindern die Kommunion empfangen konnte. Es hatte sich mit Steinen die Milchzähne eingeschlagen. Der alte Pfarrer habe geweint, als er die Geschichte erzählte, berichtete Josefa. Ein großes Opfer bringen, das also wollte Jesus, und unser alter Pfarrer vielleicht auch. Ich mochte den alten Pfarrer, der uns Zwergenkalender mitbrachte, wenn er zu Besuch kam. Er segnete die Kinder und teilte hübsch bemalte Heiligenbildchen aus, wenn ihm Kinder auf der Straße begegneten. Er lobte die Kinder, die bei der Heiligen Messe in den vorderen Reihen saßen. Bestimmt würde er auch weinen, wenn ein Kind aus seiner Pfarre ein solches Opfer bringen würde wie das Mädchen aus der Geschichte. Sicher wäre es sein Liebkind.

Meine Schwester bereitete sich eifrig auf die Erstkommunion vor und fürchtete sich vor der ersten Beichte. Welches Opfer könnte ich bringen, überlegte ich unentwegt, mit dem ich Jesus davon überzeugen könnte, wie sehr ich ihn liebte. Auch der liebe alte Pfarrer sollte wissen, welches Opfer ich zu bringen bereit war. Wenn ich abends im Bett lag, konnte ich vor lauter Opfergedanken nicht einschlafen. Nur noch eine Woche war es bis zur Erstkommunion. Vielleicht sollte ich zuerst mit dem

Pfarrer reden, so wie es das Mädchen gemacht hatte, dann würde er mir sagen, wie ich die Liebe zu Jesus zeigen konnte. Aber wenn er sagen würde, ich sollte mir tatsächlich die Zähne einschlagen? Wäre es nicht besser, überlegte ich, wenn ich das Opfer selbst aussuchte? Zwei Schneidezähne wackelten. Ich versuchte, sie mit einem Bindfaden auszureißen. Das wollte nicht gelingen, weil ich den Faden nicht am Zahn festmachen konnte. Sie mit Steinen einzuschlagen erschien mir der letzte Ausweg. Eine Heilige wollte ich ja nicht unbedingt werden. Heilige taten, was Gott ihnen befahl. Sie wurden gefoltert oder getötet. Ich würde meine Haare opfern. Im Spiegel, der an der Wand im Mädchenzimmer hing, betrachtete ich mein schulterlanges, glattes Haar. Ich wollte es wachsen lassen, bis es lang genug war, um Locken zu drehen. Kein Mädchen schneidet freiwillig seine Haare kurz. Eine solche Tat konnte nur bedeuten, dass man ein großes Opfer brachte.

Mutters große Schneiderschere schnitt am besten. Lange hielt ich eine Strähne meines schönen Haars in Kinnhöhe in die geöffnete Schere. Ich sah mich im Spiegel die Tat vollbringen. Ich sah mir in die Augen und suchte darin den Blick, der sagte: Ich tu es für Jesus. Der Arm tat mir schon weh, als ich glaubte, Jesus' Stimme im Raum zu hören: Tu's für mich. Und mit einem Mal schloss sich die Schere in meinen Händen und schnitt die erste Haarsträhne durch. Sie fiel vor meine Füße. Ich tu es für Jesus, sagte ich mir und griff nach der nächsten Strähne. Mir war ganz feierlich zumute. Schnitt für Schnitt fielen die Haare zu Boden. Dort wo sie länger blieben als auf der anderen Seite, musste ich noch ein wenig nachschneiden. Es war schwierig, die Symmetrie wiederherzustellen. Kürzer und kürzer wurde mein Haar. Am Hinterkopf konnte ich zu wenig sehen, so entstanden unschöne Stufen. Das würde mein größtes Opfer sein, dachte ich. Als ich fertig war, betrachtete ich die braunen Haare auf dem Fußboden, die einmal meine gewesen waren. Ich kehrte sie zu einem Häufchen zusammen, nahm sie und hielt sie an mein Gesicht. Sie streichelten meine Wangen und kitzelten meinen Hals. Noch immer war mir feierlich zumute.

Das Entsetzen war allen ins Gesicht geschrieben, als ich die Stube betrat, wo die Familie bei Tisch saß und das Mittagsgebet sprach. Alle Augen richteten sich auf mich, während ich meinen Platz einnahm. Das Tischgebet endete mit dem Kreuzzeichen. Dann war es sehr ruhig, bis die Magd zu lachen anfing. Mutter schüttelte den Kopf. Anni, was ist dir da eingefallen. In einer Woche ist Erstkommunion, willst du so mit in die Kirche gehen? Du wolltest sie doch wachsen lassen, dummes Mensch. Die Geschwister starrten mich noch immer an. Vater streckte drohend den Zeigefinger über den Tisch. Brauchst nicht glauben, dass ich dir jetzt den Friseur zahle, sagte er aufbrausend. Geh nur so in die Schule und zur Erstkommunion. Jesus wollte das, sagte ich, und meine Stimme klang bei Weitem nicht mehr so kräftig und feierlich wie vorhin vor dem Spiegel. Er sagt, ich könne schon zur Kommunion gehen, sagte ich, während meine Stimme immer leiser wurde.

Wenn das so ist, geh ins Kloster, sagte Vater.

Zuerst musst du das aber beichten, sagte Josefa. Alle lachten sie.

Sie ließen mich nicht zum Pfarrer gehen. Stattdessen brachte mich Mutter noch am gleichen Abend zur Friseurin im Dorf, die mir einen Haarschnitt verpasste, wie ihn nur Buben trugen. In der Schule sagte ich, ein Kaugummi hätte in meinem Haar geklebt, und deshalb hätte ich die Haare schneiden müssen.

Der alte Pfarrer stand weinend vor dem Altar. Er hielt sich eine Hand vor den Mund, sein lautes Schluchzen ließ seinen ganzen Körper erbeben. Die Kommunionskinder saßen vorne in den Reihen. Meine Schwester hatte ihre langen braunen Haare zu Locken gedreht. Gerne hätte ich Josefa zugewinkt, so, dass nur sie meine Hand hätte sehen können. Aber sie schien nur den Herrn Pfarrer zu sehen und zu hören. Wie alle anderen weiß gekleideten Mädchen sah sie aus wie ein Engel. Der Pfarrer erzählte die Geschichte von dem Mädchen, das seine Zähne mit Steinen einschlug. Geräuschvoll putzte er sich die Nase und konnte dann vor lauter Schluchzen nicht mehr weitererzählen.

In einem Jahr würde auch ich vorne sitzen, im weißen Kleid meiner Schwester. Meine Haare würden wieder lang gewachsen sein. So wie die meisten der Erstkommunionskinder würde ich Zahnlücken haben. Sie zeigten sie unentwegt, denn ihre Gesichter waren voll Stolz und Lachen.

Nicht weit von Afrika

Endlich waren sie da. Onkel Ferdinand und Tante Lore stiegen aus dem Auto. Dann kamen Valentina und Andreas zum Vorschein.

Onkel Ferdinand war der Bruder von Vater. Er war vor einigen Jahren mit dem Moped nach Südtirol gefahren, um dort nach seiner Lehre als Schmied Arbeit zu finden. Nun war er Kunstschmied und machte wunderschöne Sachen. Als Opa letzten Winter gestorben war, hatte er eine Tafel für das Grabkreuz geschmiedet. So etwas Schönes hatte bisher niemand auf unserem Friedhof gesehen. Onkel Ferdinand erzählte uns, dass unser Vater seinen jüngeren Bruder wohl sehr vermisst hatte, weil er ihn unter allen möglichen Vorwänden nach Hause locken wollte. Aber Onkel Ferdinand hatte es von Anfang an gut gefallen in Südtirol. Er mochte die Berge, das warme Wetter, seine neue Arbeit. Und dann hat er Lore kennengelernt. Einmal im Jahr kam er mit seiner Familie den weiten Weg aus Leifers, um seine Mutter und seine Geschwister zu besuchen.

Wenn Tante Lore mit ihren Kindern Dialekt redete, verstand ich fast kein Wort. Die ganze Familie konnte neben Deutsch auch Italienisch sprechen. Andreas studierte mit uns jedes Jahr Wörter und Sätze ein, die wir eifrig lernten. Bene sagten wir, und grazie. Wir zählten beim Versteckspiel auf Italienisch bis zehn. Uno, due, tre, quattro, cinque, sei, sette, otto, nove, dieci. Ihr wohnt doch in der Nähe von Afrika, hatte ich Andreas einmal gefragt. Na ja, hatte er gesagt. Man müsste den ganzen Italienstiefel runter und mit dem Schiff über das Meer fahren. Dann wäre man in Afrika. Ich hätte mir gewünscht, er würde in der Nähe von Afrika wohnen.

Die Augen von uns Schwestern richteten sich auf unseren Lieblingscousin. Er wirkte kleiner, als ich ihn in Erinnerung hatte. Seine Haut war so dunkel, als hätte sie den Sommer hinter sich. Das lockige Haar fiel ihm ins Gesicht. Andreas wirkte mädchenhaft. Mit den Händen in den Taschen seiner knielangen Hose stand er da und beachtete uns nicht. Vater ging auf die Besucher zu, begrüßte sie. Er legte Andreas den Arm um die Schultern und flüsterte ihm etwas zu. Hoffentlich sagte er nichts, was ich meinem Cousin selbst erzählen wollte. Josefa, Kathi und ich hatten Pläne geschmiedet. Auf jeden Fall wollten wir auf dem Heuboden Verstecken spielen, in der Scheune Kunststücke vollführend vom hohen Balken ins Stroh springen. Wir würden mit Norbert zusammen Schwammerln suchen. Im Getreidekasten würden wir aus der alten Truhe die von Motten zerfressenen Kleider anziehen und Theater spielen. Ich musste ihm unbedingt erzählen, dass wir im Garten ein Zelt aus Leinenplanen bauen durften. Norbert würde einen Ziegelofen aufstellen, auf dem wir Würstel grillen konnten. Außerdem hatte er im Obstgarten ein Ringelspiel gebaut, aus einer Eisenstange, alten Wagenrädern und einer langen Leiter.

Dass es jedes Jahr so ist, bis das Fremde, das sich innerhalb eines Jahres wie ein Nebel zwischen uns geschoben hatte, verschwand, dachte ich. Jetzt war Andreas, den man in Italien Andrea nannte, ein Bub aus einem fremden Land, wo man belegtes weißes Fladenbrot aß, mit Tomatensauce, Käse und Schinken drauf, das man Pizza nannte. Wo man eine andere Sprache redete und wo die Sonne öfter schien als bei uns. Gegen Ende der gemeinsamen Wochen würden Andreas und Valentina in unserer Mundart reden. Sie würden uns ähnlich werden und uns nach einem Jahr wieder fremd sein.

Tante Lore und Onkel Ferdinand begrüßten meine Mutter und dann uns Kinder. Sie überreichten uns wie jedes Jahr italienische Mandelkekse, deren Namen ich nicht aussprechen konnte. Tante Lore trug eine Sonnenbrille, Schuhe mit Absätzen und toupiertes Haar. Ihre Lippen leuchteten rot, die Fingernägel waren lang und lackiert. Auch Valentina trug eine Sonnenbrille, und ihre kleinen Zehennägel waren rot. Sie war eine kleine Dame, obwohl sie zwei Jahre jünger war als Kathi. Vater war mit Andreas zum Traktor gegangen. Andreas setzte sich auf den Fahrersitz, Vater daneben. Vater drückte die Kupplung, während Andreas den Starter zog. Er legte den ersten Gang ein, Vater ließ die Kupplung los. Andreas lenkte den Traktor rund um die Hofeinfahrt. Wir Mädchen hatten den Traktor noch nie fahren dürfen. Jetzt wird er wohl nicht mehr mit uns spielen wollen, dachte ich. Er wird nur auf dem Traktor sitzen wollen. Wir würden uns umsonst auf ihn gefreut haben. Vater hätte nicht mit ihm Traktor fahren sollen. Andreas Augen leuchteten, als er vom Traktor kletterte.

Wie zwei Sieger sahen sie aus, als sie näher kamen. Wir Mädchen traten zur Seite. Ich vergaß, meinem Cousin die Hand zu geben. All die Worte, die ich mir vorbereitet hatte, waren vergessen, verschluckt. Gewachsen bist aber nicht, sagte Kathi zu

Andreas. Die Kathi ist noch immer a Lausmensch, sagte Vater und zog sie am Ohr. Andreas lachte, und alle lachten wir mit. Nun fiel mir auch wieder ein, was ich ihm erzählen wollte. Ich zeig dir das Ringelspiel, sagte ich. Und den Platz, wo Papa uns ein Zelt baut. Zuerst sollen sie essen, sagte Mutter. Onkel Ferdinand holte die Koffer aus dem Auto. Südtirol war schon nicht mehr so weit weg. Jedenfalls nicht so weit wie Afrika.

HIMMELSTÜR

An manchen Tagen gehörte die obere Stube mir allein. Tante Frieda und Onkel Herbert schliefen dort, wenn sie zu allen heiligen Zeiten aus Linz zu Besuch kamen. Darin stand ein Doppelbett mit Nachtkästchen, ein Glasschrank mit altem Geschirr und Silbermünzen. Außerdem stand da ein Schrank mit alten Kleidern von Mutter und Vater. Und eine Spiegelkommode. Der Spiegel hatte Flügel, deren Innenseiten ebenfalls verspiegelt waren. Wenn ich diese Flügel öffnete, sah ich mein Spiegelbild vor mir, und auch links und rechts. Da die Spiegel einander spiegelten, sah ich mich unendlich viele Male. Es war mein Zauberspiegel. Ich nahm Kleider aus dem Schrank, um mich zu verkleiden. Einmal war ich Schneewittchen, einmal die böse Stiefmutter, ein andermal Aschenputtel. Am liebsten war ich Schneewittchen. Mutters Brautkleid war mein Prinzessinnenkleid. Es war hellgrau mit weißen Spitzen um den Hals. Mutter hatte kein langes Brautkleid gehabt, mir reichte es bis zu den Zehen. Ich öffnete den Spiegel und sah darin Schneewittchen. Oder die böse Stiefmutter, die den Spiegel

fragte: Spieglein, Spieglein an der Wand, wer ist die Schönste im ganzen Land? Und wenn der Spiegel mit meiner Stimme sprach, dass Schneewittchen die Schönste im ganzen Land sei, dann sah ich mir zu, wie die Stiefmutter das Gesicht vor Wut verzerrte, sich die Haare raufte und wütend die Fäuste gegen den Spiegel streckte. Schneewittchen blickte stets sanft und ein wenig verloren aus dem Spiegel. Ich hatte Mitleid mit dem Kind, das in den Wald geschickt wurde, um zu sterben. Wenn es das Zwergenhaus betrat, blickte es voll Neugierde und Zuversicht, und wenn die Zwerge sagten, bleib bei uns, dann strahlte Schneewittchen aus dem Spiegel und sagte, ich werde für euch kochen und putzen. Als Schneewittchen den engen Gürtel umgeschnallt bekam, sah ich mir zu, wie ich mit geweiteten Augen nach Luft rang, nach Halt suchte und schließlich auf den Boden niedersank. Ich übte vor dem Spiegel das Aussehen des toten Schneewittchens. Wenn der Prinz Schneewittchen wachküsste, dieser Augenblick, in dem es die Augen aufschlug und den Prinzen vor sich sah, das war der schönste Moment. Dann tanzte Schneewittchen mit dem Prinzen, weil sie Hochzeit feierten.
Als Aschenputtel kleidete ich mich mit einem Kleid, das schon Löcher hatte. Ein solches Kleid

konnte nur jemandem gehören, dem die Menschen nichts Besseres gönnten. Aschenputtel blickte traurig aus dem Spiegel, denn niemand war gut zu ihm und die schönen Dinge des Lebens waren den faulen Schwestern und der Stiefmutter vorbehalten. Die Mutter war tot und der Vater ein Feigling, der glaubte und tat, was seine Frau von ihm wollte. Er kümmerte sich nicht um sein armes Kind. Nur die Tauben wussten, welch ein schönes und liebenswürdiges Mädchen es war, das sogar einen Prinzen verzaubern konnte.

Hinter dem Spiegel wohnte eine Seele. Sie war mein Publikum, meine Regisseurin, meine Souffleuse. Sie applaudierte, sagte, welche Rolle ich hervorragend spielte, wie ich sie noch bedeutungsvoller darstellen könnte. Und sie flüsterte mir Worte zu, wenn sie mir fehlten. Die Seele gehörte meiner toten Schwester. Bernadette war als Kleinkind an einem Sonnenstich gestorben, noch bevor ich geboren wurde. In diesem Raum war sie aufgebahrt gewesen, wurde mir erzählt. Hinter diesem Spiegel wäre eine Tür, stellte ich mir vor, die in den Himmel führte. Nur für Bernadette würde sich die Himmelstür öffnen. Der Pfarrer hatte einmal gesagt, mein Gesicht sei das von Bernadette, von der es kein Foto gab. Vielleicht hätte sie jetzt langes braunes Haar, das ihr in Locken über den Rücken fiel. Bestimmt würde sie grüne Augen haben, wie ich sie hatte, und Josefa. Sie wäre jetzt schon eine Jugendliche, wie die Nachbarin Steffi. Ich glaubte, ihre Stimme zu kennen. Manchmal stand ich vor dem Spiegel und redete mit ihr. Bernadette, sagte ich, zeig dich mir. Zeig mir, dass du da bist. Bitte. Ich beschwor sie, weinte und drohte. Wenn du dich nicht sofort zeigst, dann komm ich nie wieder in das Zimmer. Ein andermal sah ich so lange auf einen Punkt im Spiegel, bis mir schummrig wurde. Jetzt muss etwas passieren, dachte ich. Jetzt gleich kommt Bernadette aus dem Spiegel. Ich wollte, dass ich mich nicht täuschte, dass sie hier bei mir war.

Eines Tages sah ich ein Gesicht hinter mir im Spiegel. Ich erschrak so sehr, dass ich mit den Armen hochfuhr, die Spiegeltüren erfasste und sie zuschlug. Im Inneren klirrte es. Das Gesicht gehörte meiner Schwester Martha.

Mit wem redest du?, fragte sie.

Ich habe Theater gespielt, sagte ich.

Allein?

Bernadette war bei mir, behauptete ich.

Du spinnst. Wo ist sie denn?

Sie hat keinen Körper, sie ist ja tot, sagte ich.

Und warum weißt du dann, dass sie hier ist?, fragte sie. In ihrer Stimme lag Unbehagen.

So halt. Ihre Stimme ist irgendwo im Zimmer.

Was du dir immer zusammenreimst, sagte sie und öffnete die Flügeltüren. Vom großen mittleren Spiegel löste sich eine große Glasplatte und fiel auf die Kommode. Ich konnte die Holzplatte sehen, von der sich das Glas gelöst hatte. Ich berührte sie und drückte. Hier war keine Tür, die zum Himmel hätte führen können.

Martha schloss die Flügeltüren und öffnete ein Fenster.

Zieh das aus, sagte sie und meinte das Aschenputtelkleid. Niemand braucht wissen, dass du hier warst. Dann ist es eben der Wind gewesen.

Sie wies mich zur Tür. Ich drehte mich noch einmal zum Spiegel um. Das hast du jetzt davon, flüsterte ich und verließ das Zimmer.

UNTER DEN LEBENDEN

Wie alt bist, Anni?

Bald werd ich neun.

Was wirst du wohl einmal werden?

Die Nachbarin hatte ihre knöchrige Hand auf meinen Arm gelegt. Die Venen schimmerten blau durch die fast weiße Haut. Ich weiß nicht, sagte ich. Ich konnte die Stelle in der Zeitschrift »Stadt Gottes«, aus der ich der Nachbarin gerade vorgelesen hatte, nicht mehr finden. Der Bericht handelte von einer Entwicklungshelferin in Afrika. Ich dachte daran, dass die Nachbarin nicht so lange leben würde, bis ich wissen würde, was ich wirklich einmal werden sollte.

Vielleicht werde ich Entwicklungshelferin in Afrika, sagte ich.

Das wär schön, sagte sie. Du bist eine ganz Brave.

Sie wusste nicht, dass ich vor wenigen Tagen mit meinen Schwestern nachts heimlich Klaräpfel aus dem Obstgarten gestohlen hatte. Der liebe Gott wusste das. Und wenn die Nachbarin stirbt, dann würde auch sie es wissen. Ich versuchte weiterzulesen, aber ich fand die Zeile nicht. Noch immer hielt ihre Hand meinen Arm, und ich dachte, das ist die Hand einer Toten.

Anni, sagte sie, fürchtest du dich vor mir?

Aber nein, sagte ich und blickte in ihr hageres Gesicht. Die Haut um ihre Augen schimmerte rot. Um das Haupt hatte sie ein Tuch gewickelt. Ich erinnerte mich an ihr langes, fast schwarzes Haar, das sie immer zu einem Knoten geschlungen hatte. Einmal hatte ich sie mit offenen Haaren gesehen, es war in sanften Wellen über ihre Schultern gefallen. Die Nachbarin war mir vorgekommen wie eine Fee.

Sie lachte und zwickte mich in den Arm.

Siehst, ich bin noch bei den Lebenden, sagte sie.

Nachbarin, sagte ich, ich habe von eurem Baum Äpfel gestohlen.

Das ist eine schlimme Sache, sagte sie mit ihrer dünnen Stimme und lachte noch mehr. Ich freute mich, weil sie lachte, und weil sie über mich lachte. Und dann lachten wir gemeinsam.

Nachbarin, sagte ich, wenn ich als Entwicklungshelferin nach Afrika gehe, dann schreib ich dir eine Karte.

Anni, sagte sie, das wird sich nicht ausgehen.

Aber geh, sagte ich. Hundertmal geht sich das aus.

WAS SIE GERNE WOLLEN HÄTTE

Wenn sie mich lassen hätten, wär ich Handarbeitslehrerin geworden, sagte die Magd, als sie die Nadeln aus meinem Werkstück zog. Die Magd stickte große Kreuzstichdecken, und auf der Rückseite war jeder Stich gerade. Sie strickte Westen, Socken und Handschuhe mit Norwegermuster. Sie lachte, als sie mein Werk sah, das an den Rändern entweder breiter oder enger wurde.

Wenn man sie lassen hätte, hatte sie gesagt. Man hat die Magd nicht tun lassen, was sie gerne wollen hätte.

Hat dich niemand gefragt, was du werden willst, fragte ich sie. Mich fragte andauernd jemand, was ich werden wollte. Die Magd machte eine wegwerfende Handbewegung. Wir brauchen dich am Hof, hat's geheißen, sagte sie. Wer hätt mir eine Ausbildung bezahlt? Ich stellte mir vor, wie das gewesen wäre, wenn die Magd werden hätte können, was sie werden wollte. Wenn sie meine Handarbeitslehrerin geworden wäre, schöne Kleider aus dem Katalog tragen würde. Sie würde sich wie die anderen Lehrerinnen schminken. Sie hätte keine schwieligen Hände, die Fingernägel wären gepflegt und lackiert. Bestimmt hätte sie dann auch geheiratet. Den Lehrer Bayer vielleicht, der noch immer ledig war. In hohen Schuhen konnte ich mir die Magd nicht vorstellen. Sie würde stolpern, weil sie einen Fuß nach innen drehte und sich nach vorne beugte beim Gehen. Die Kinder würden über ihren eigenwilligen Gang lachen. Vielleicht war es ganz richtig, dass sie keine Handarbeitslehrerin geworden war. Sie war eine gute Magd, die über jede Kuh genau Bescheid wusste, wann sie kalben würde. In der ärgsten Hitze schob sie das Heu auseinander, wenn es in die Scheune geblasen wurde.

Ob ich den Beruf lernen sollte, von dem ich glaubte, er wäre der richtige, überlegte ich. Möglicherweise würde alles anders sein, als ich es mir vorstellte. Ich würde wütend sein auf mich, weil ich blauäugig meine Berufswahl getroffen hatte.

Du bist meine beste Lehrerin, sagte ich zur Magd und küsste sie auf die Wange. Wirklich wahr, sagte ich.

ICH WEISS, ICH WEISS, WAS IHR NICHT WISST

Achtung, fertig, Feuer machen, los! Zum hundertsten Mal brausten wir auf unseren Rodeln den Hang hinunter. Wir fuhren über die Schwelle, wo bis zum letzten Sommer das Grub-Häusl gestanden war. Nur die steile Böschung, die die Schlittenfahrt beschleunigte, erinnerte daran, dass da einmal etwas anderes als nur eine Wiese gewesen sein mochte. Die Nachbarn hatten das Haus abgerissen, nachdem seine Bewohner entweder gestorben oder ausgezogen waren.

Ich mag nimmer, sagte Josefa, nachdem wir unten angekommen waren. Die Sonne schien vom Himmel und ließ den Schnee glitzern. Die Stiefel knirschten im Schnee. Kathi und ich wollten nicht nach Hause. Spielen wir was, sagte ich, als wir den Hang hinaufstapften. Na gut, sagte Josefa. Spielen wir »Ich glaub, ich glaub, was du nicht glaubst«. Oben beim Wald ließen wir uns auf unsere Rodeln nieder. Ich sag etwas, was ihr glauben könnt oder nicht. Wenn ihr falsch liegt, dann seid ihr gefallene Engel, erklärte Josefa. Den Engel machen bedeutete, dass man von der Rodel gestoßen wurde. Mit ausgebreiteten Armen sollte man sich in den Schnee fallen lassen. Glaubt ihr, wenn ich es sage, dass Martha nächstes Jahr im Sommer heiraten wird. Nicht wahr, riefen Kathi und ich. Schon wahr, sagte Josefa und stieß uns von den Rodeln. Woher weißt du das, fragte ich, als ich wieder auf der Rodel saß. Ich hab's gehört, wie Martha und Kurt mit Mama und Papa geredet haben. Und dass sie später einmal ein Haus bauen wollen. Eineinhalb Jahre würde es noch bis zur Hochzeit dauern. Ich würde zwölf Jahre alt sein und Martha einundzwanzig. Ich weiß was, sagte Kathi. Glaubt ihr, dass der Nachbar ein Skelett gefunden hat, als er das Grub-Häusl abgerissen hat? Josefa und ich glaubten es nicht. Kathi behauptete, das sei doch wahr und versuchte, uns von der Rodel zu stoßen. Jetzt bin ich dran, sagte ich. Die Lotte vom Grub-Häusl ist einmal Schauspielerin gewesen. Nur Kathi glaubte das. Aber geh, sagte Josefa, die war doch eine Hur! Ich sah dorthin, wo das Haus gestanden war. Und erinnerte mich an den Sommertag, als ich von dort Wasser hätte holen sollen, und Lotte mir begegnet war. Nichts war mehr zu erahnen von den Menschen, die einmal hier gelebt hatten. Der Mann war inzwischen gestorben, die zahnlose

Berta wohnte nun in der Stadt in einem Hochhaus, und Lotte war in einem Pflegeheim. Was weißt du schon, sagte ich zu Josefa und stieß auch sie in den Schnee. So geht das nicht, schimpfte sie und wollte die Rodel heimwärts ziehen. Aber Kathi ließ sich auf die Rodel fallen. Dann tut's g'scheit, oder ich geh heim, schimpfte Josefa. Sie setzte sich wieder. Glaubt ihr's oder glaubt ihr's nicht: Ich möchte Krankenschwester werden. Glauben wir, sagten Kathi und ich wie aus einem Munde. Kathi war dran. Unser Ur-Uropa war ein Graf. Glaubten wir nicht. Kathi schmollte. Du übertreibst ja immer, da glaubt dir keiner, sagte ich. Aber das könnt ihr mir glauben: Bernadette ist mir erschienen. Die beiden starrten mich an. Du spinnst, sagte Josefa. Ihre Stimme verriet die Unsicherheit. Glaubt ihr's etwa nicht?, fragte ich. Warum soll sie nur zu dir kommen und zu mir nicht?, meinte Josefa. Nein, sagten sie beide schließlich mit leiser Stimme. Doch, sagte ich und warf beide von der Rodel. Du sagst lauter komische Sachen, schimpfte Josefa. Was du dir immer zusammenreimst. Nun saßen wir wieder auf der Rodel und warteten auf Josefas Frage. Ich seh, ich seh, was ihr nicht seht, begann sie. Du sagst das falsch, rief ich. Josefa redete weiter. Onkel Herbert greift mir an den Busen, sagte sie. Du hast ja gar keinen, sagte Kathi und sprang lachend von der Rodel hoch und nieder. Mit einem Stoß von Josefa fiel Kathi rückwärts über die Rodel. Sie prallte mit dem Rücken gegen die Hörner und schien keine Luft zu bekommen. Kathi, ich wollt dir nicht wehtun, flennte Josefa und richtete die Schwester auf. Wir setzten sie auf die Rodel. Dann begann sie stoßweise wieder zu atmen, um dann gleich zu weinen. Ich mag nicht mehr, sagte Josefa. Sie nahm die Leine und zog die Rodel mit Kathi heimwärts. Ich lief neben Josefa her und half ihr, die Rodel mit Kathi zu ziehen. Ist das wahr, was du gesagt hast?, fragte ich sie. Sie nickte. Du hast ja gar nie gelogen, sagte ich. Wieder nickte Josefa.

Erst als wir daheim angekommen waren, merkten wir, dass wir die große Rodel stehen gelassen hatten. Ich stapfte zurück auf die Rodelwiese. Wie still es war, wenn sich keine Menschen hier befanden. Es begann bereits zu dämmern, die Sonne verzog sich in den hintersten Winkel des Horizonts. Ich legte mich auf die Rodel und horchte in die Stille hinein. Über mir dehnte sich der Himmel, durch den ein paar Wolken zogen. Ob da oben wirklich Gott wohnte? Der erste Stern zeigte sich. Gerne hätte ich daran glauben wollen, er wäre das Tor zum Himmel. Und die eine weiße Wolke links vom Stern wäre die tanzende Lotte. Oder war das doch Martha als weiße Braut und mit Schleier? Und da der Spiegel, aus dem die tote Schwester hervorschwebte. Seht, da ist Bernadette!, rief ich und zeigte hinauf, als würden Kathi und Josefa mich hören und mit ihren Blicken meiner Hand folgen. Da eine graue Wolke, die einer Hand glich. Onkel Herberts Hand, die in das Feuer des Abendhimmels tauchte. Sie fing an zu brennen, sie rauchte und loderte. Und verschwand im Maul der untergehenden Sonne. Diese Hand würde keinen Busen mehr berühren können. Nicht einmal den von Tante Frieda. Eine große weiße Wolke zog heran, die mich an ein Haus erinnerte. Durch die Wolkenmauer schimmerte an manchen Stellen das Abendrot hervor. Das Dreimäderlhaus, sagte ich mir. Die Wolke teilte sich. Aus einem Haus wurden drei. Wir werden nicht in einem Haus wohnen, sagte ich mir. Ein bisschen schmerzte der Gedanke. Erleichternd war er auch. Immer zusammen in einem Haus mit den Schwestern zu wohnen, konnte vielleicht doch etwas anstrengend werden. Wie Glocken sahen die drei Wolken jetzt aus und zogen weiter über den Himmel.

TREFFSICHER

Was aus dir einmal werden soll, seufzte die Deutschlehrerin und fegte das aufgeschlagene Heft über meinen Kopf, um es dann vor mir auf den Tisch fallen zu lassen. Das Wiederholen nützt nichts, das Nachsitzen ist umsonst, sagte sie. Mit deiner Schrift brauchst keinen Liebesbrief schreiben.

Die ganze Klasse lachte, sogar Herta. Herta hätte nicht lachen dürfen. Freundinnen tun das nicht. Meine Handschrift ließ die Deutschlehrerin vergessen, dass ich gut lesen konnte. Ich schrieb spannende Aufsätze, konnte schnell Gedichte auswendig lernen und sie wie eine Schauspielerin aufsagen.

Ich spürte das Schnitzmesser meines Bruders in meiner Hand. Es war an der Spitze sehr scharf. Ich sah auf den Handrücken der Lehrerin, deren Finger auf der aufgeschlagenen Seite herumfuhren. Alles noch einmal, sagte sie. Ich suchte nach einer Stelle auf ihrem Handrücken, die ich treffen wollte. Fest hielt ich das Messer in meiner Faust. Doch die Lehrerin drehte sich um und ging zurück nach vorne. Sie nahm eine Kreide und schrieb etwas an die Tafel.

Wie klein sie war. Ihr ausgestreckter Arm reichte kaum bis an den oberen Tafelrand. Sie redete, während sie schrieb. Ihre Stimme klang wie die des Affen aus dem Zirkus Habakuk. Das rechte Ohr schaute aus ihrem krausen Haarschopf hervor. Dieses Ohr musste ich treffen, das Messer sollte durch die Ohrmuschel und dort stecken bleiben. Wenn das Trommelfell platzte, würde es einen Knall geben, und die Lehrerin würde für immer taub sein auf einem Ohr. Wer schlecht hört, kann nicht gut reden. Wenn die Lehrerin keine deutlichen Wörter mehr sagen kann, wird sie mich nicht mehr bloßstellen können. Von mir aus kann sie dann gackern, quaken oder muhen wie eine Kuh. Unentwegt sah ich auf das rechte Ohr der Lehrerin. Ich hielt das Schnitzmesser wie einen Pfeil, hob den rechten Arm bis hinter mein rechtes Ohr und ließ ihn blitzschnell nach vorne schnellen. Ich ließ das Messer los, das Ohr der Lehrerin nicht aus den Augen verlierend. Das Messer traf genau in die Ohrmuschel. Es machte einen lauten Knall. Die Lehrerin fuhr mit der Hand zum Ohr, in dem nun das Messer steckte. Lautlos brach sie zusammen. Blut strömte aus dem Ohr und spritzte auf den Boden und auf das hübsche Kleid der Lehrerin.

Ich bin ja schon etwas, rief ich in das laute Strömen hinein, das den Raum erfüllte. Alle Blicke der Klassenkameraden richteten sich auf mich. Die Lehrerin drehte sich langsam um. Sie sagte nichts. Den Kopf zur Seite neigend, sah sie mich fragend an.

Ich öffnete das Heft, nahm die Füllfeder und begann von der Tafel abzuschreiben.

WER SIN DIE GUTEN? WER DIE BÖSEN?

Wo sind denn jetzt die Nazis?, fragte ich an einem Sonntag beim Mittagstisch. Der Sonntag war der einzige Tag, an dem auch Vater nach dem Essen sitzen blieb, weil keine Arbeit drängte. Wir Kinder, der Vater und die Magd schlürften den Obstsalat mit Schlagobers aus Glasschüsseln. Nur Mutter stand schon beim Abwasch.

Eigentlich wollte ich wissen, ob jene, die behinderte Kinder in Hartheim verbrannt hatten, alle eingesperrt seien. Der Pfarrer hatte im Religionsunterricht von den Verbrennungsöfen erzählt. Er war in Alkoven aufgewachsen. Oft hätte man die Schlote rauchen sehen und dann hatte es nach verbranntem Fleisch gerochen. Niemand traute sich etwas zu sagen, und erst nach dem Krieg habe man erfahren, dass man dort Menschen verbrannt hatte.

Als der Pfarrer davon erzählte, fragte ich mich, ob sie den Hansi auch da hingebracht hätten, wenn er damals schon gelebt hätte. Hansi war mit mir in die zweite Klasse gegangen und war dann zum dritten Mal sitzen geblieben. Er würde nie lesen und schreiben lernen. Beim Reden lallte er und Speichel floss aus seinem Mund.

Der alte Schulmeister war ein Nazi und während des Zweiten Weltkriegs Ortsgruppenleiter gewesen. Von ihm hatte uns Mutter erzählt. Er schlug den Kindern mit dem Zeigestab auf die Finger, bis sie blau und voller Beulen waren. Er habe alle, die gegen Hitler und gegen den Krieg waren, ins Gefängnis gebracht. In der Werkstatt, auf der anderen Seite unseres Hofes, stand noch das Bett, in dem eine Frau aus Wien mit ihrer kleinen Tochter geschlafen hatte. Sie waren vor den Bomben geflohen. Hitler ist ein Schwein, Hitler ist ein Schwein, hatte das kleine Mädchen gesungen. Die Erwachsenen hatten Sorge gehabt, dass die Worte aus dem Kindermund dem Schulmeister zu Ohren kommen könnten. Ein paar Tage vor Kriegsende hatte er die Bevölkerung noch angewiesen, Schutzgräben zu bauen. Aber es waren keine Soldaten da, die in den Schutzgräben auf die nahenden Feinde hätten schießen können. Beim Winkelfeld hatten mein Großvater und der Nachbarknecht graben müssen. Die Amerikaner waren eines Tages gekommen, und niemand hatte sich ihnen in den Weg gestellt. Weil Mutter gerade von der Schule gekommen war, hatten sie die Amerikaner gefragt, wo denn der Bürgermeister wohne, und sie hatte im Jeep zum alten Bürgermeister mitfahren dürfen. Den Ortsgruppenleiter hatten die Amerikaner von der Schule abgeholt und nach Linz gebracht. Angeblich weiß keiner, was aus ihm geworden ist.

Jetzt sind doch keine Nazis mehr da, sagte Vater.

Der Höllerer ist ein alter Nazi, sagte Mutter, während sie die Teller wusch.

Der Höllerer war der Jäger, der auf unseren Gründen das Wild pflegte und schoss. Oft sah man sein Auto bei den Hochständen stehen. Hin und wieder brachte er das Rehbeuschel eines erlegten Tieres vorbei. Mit Vater besprach er den Wildbestand. Sie kamen gut miteinander aus.

Er ist nicht der Einzige, der Menschen auf dem Gewissen hat und tut, als wäre nichts gewesen, sagte Mutter.

Was hat er denn getan, der Höllerer?, fragte ich. Er wird doch nicht Menschen umgebracht haben, oder? Niemand sagte etwas, und wir Kinder sahen in die Gesichter der Erwachsenen. Die Magd zuckte mit den Schultern und sah zum Vater. Als brauchte sie seine Erlaubnis, etwas sagen zu dürfen. Sie sagte nichts.

Genaueres wisse man nicht. Im Krieg seien viele furchtbare Sachen passiert, sodass man nicht mehr wisse, wer die Guten und wer die Bösen waren, meinte Vater.

Schon vor dem Krieg ist er nach Deutschland raus und ist dort ein geschäftiger SS-Mann gewesen, wusste Mutter. Als der Krieg verloren war, ist er heimgekommen. Kaum war er da, haben sie ihn zum Jagdobmann gewählt. Als ob das sonst keiner hätte machen können.

Was willst denn, ärgerte sich Vater. Es ist nicht unser Recht, über ihn zu urteilen. Lass das dem Herrgott über. Vaters Stirn glänzte, sein Gesicht war ganz rot.

Oder willst du ihm die Beichte abnehmen?

Mit dem rechten Auge zwinkerte Höllerer unentwegt, und seine Brille schob er immer wieder mit dem Stumpf seines linken Zeigefingers hoch, wenn er redete. Den Finger hatte er vielleicht im Krieg verloren. Er grüßte stets freundlich, wenn er zu uns auf den Hof kam. Manchmal traf mich sein strenger Blick, aber gefürchtet hatte ich mich bisher nicht vor ihm. Ob er den Hansi nach Hartheim gebracht hätte? Jetzt wusste ich, dass er Menschenleben auf dem Gewissen hatte, und ich würde ihn nie wieder so sehen wie bisher.

Ist der Krainer Rudi ein Nazi?, fragte ich. Der sieht zum Fürchten aus und er isst Katzen.

Aber der doch nicht, sagte Vater und winkte ab.

Der kann doch kein Guter sein, wenn er Katzen isst, beharrte ich. Das macht ja sonst keiner. Einmal war der Krainer Rudi da gewesen, weil er die zugelaufenen Katzen mitnehmen sollte. Wir hatten genug eigene Katzen, die zweimal im Jahr Junge bekamen. Während die Magd nach den Katzen suchte, erzählte er, was das besonders Schmackhafte am Katzenfleisch sei. Das Zahnfleisch sei das Beste, hatte er gesagt. Und die Augen. Die Augen seien immer eine Delikatesse. Sein schielendes Auge und die schwarzen Zähne waren Zeichen des Bösen, dessen war ich mir ganz sicher.

Was du dir zusammenreimst Anni, sagte Norbert. Mein Bruder war richtig erwachsen geworden, seit er in einem Behindertenheim arbeitete. Sei vorsichtig mit solchem Gerede. Man zündet nicht einfach jemanden an, nur weil er zum Fürchten ausschaut.

Wie soll ich erkennen, wer die guten Menschen sind – und wer die schlechten?, fragte ich. Der Höllerer ging in die Kirche, der Krainer Rudi nicht.

Dass noch immer Nazis herumrennen, die nicht verurteilt werden, das ist eine Schande, schimpfte

Mutter. Aber auf das Rehbeuschel vom Höllerer möchtest auch nicht verzichten, entgegnete Vater. Mutter nahm den Saukübel und ging aus der Küche. Josefa stieß mich in die Rippen und flüsterte mir ins Ohr. Das haben wir nun davon. Weilst nicht aufhörst über die Nazis zu reden, streiten sie wieder, zischte sie. Wir hätten so einen schönen Sonntag haben können.

Ich war mir noch immer nicht sicher, ob ich einen guten Menschen von einem schlechten unterscheiden könnte. Wenn ich mir das so recht überlegte, würde es mir auf jeden Fall leichter fallen, den Krainer Rudi als Nazi an die Polizei zu verraten als den Höllerer.

VERMISSEN

Was soll ich mit ihm tun, sagte Mariedl, als sie an unserem Küchentisch Platz genommen hatte und Mutter ihr eine Tasse Tee hinstellte. Mariedl sah auf den Buben, der wortlos neben ihr saß. Sie nahm die Quastenhaube von seinem Kopf. Hervor kam zerzaustes blondes Haar. Es bedeckte seine roten Wangen, und Mariedl strich es ihm aus dem Gesicht. Er läuft mir jeden Tag nach, sagte sie. Ich sag immer: Rainer, du musst heim, die Mama greint. Aber er kehrt nicht um. Nimmt meine Hand und geht mit. Wenn wir am Nachmittag heimkommen, ist es finster, und niemand fragt, wo er gewesen ist.

Mariedl war Magd bei einem Bauern unten in Heubach. Im Winter machte sie für einen anderen Bauern im Wald Holz. Der Weg führte sie an unserem Hof vorbei. An diesem Tag machte sie mit ihrem stillen Begleiter bei uns Rast, weil es stark zu schneien begonnen hatte.

Ich muss ja auf ihn aufpassen, wenn ich Äste schneide, sagte sie. Mal hilft er mir beim Holzschlichten, mal spielt er allein. Er redet nicht. Auf Dauer kann ich ihn nicht mitnehmen. Wenn ihm was passiert beim Holzhacken, dann bin ich schuld. Dass er einfach fortrennt von daheim. Sein Mantel ist viel zu dünn, der Bub wird noch krank.

Der Bub mochte drei Jahre alt sein. Seine weit auseinanderstehenden grünen Augen blickten unentwegt hinunter auf seine im Schoß gefalteten Hände. Meine Mutter stellte ein Häferl Kakao vor ihn hin. Er strich sich die Haare aus dem Gesicht und trank in gierigen Zügen. Dann stellte er das Häferl hin und senkte wieder den Blick. Was er denken mochte, fragte ich mich, wenn Mariedl über ihn redete, als wäre er nicht da. Wie das wohl sein musste für ihn, wenn er von Mariedl hörte, dass ihn daheim niemand vermissen würde. Seine Gesichtszüge blieben unbewegt. Zuweilen trank er aus dem Häferl. Dazu nahm er beide Hände. Während er trank, bewegte er beide Zeigefinger auf und ab. Als würden sie sagen, hallo, da bin ich. In seinem Gesicht zeigte sich keine Regung, die darauf hingedeutet hätte, dass er traurig, wütend oder fröhlich war. Bei Mariedl fühlte er sich vielleicht sicher. Ob er Schläge bekam, oder ob man ihn nicht beachtete? Vielleicht wollte man ihn nicht haben in der Familie. Oder er war nicht so, wie sie ihn hätten haben wollen. Ich dachte an seinen Vater, der manchmal Schnaps holen kam. Er redete nie. Ein Auge zwinkerte unentwegt, und er trank immer schnell sein Stamperl leer.

Sein Kind nicht zu vermissen, wenn es einen ganzen Tag verschwunden bleibt, ist doch sehr sonderbar. Einmal war ich mit Josefa zum Faschingsfest einer Schulfreundin gegangen. Sie hatte uns erst am selben Tag für den Nachmittag eingeladen, und wir waren nach der Schule gleich mit ihr nach Hause gegangen. Wir hatten keine Möglichkeit mehr gefunden, daheim Bescheid zu geben. Telefon hatten wir damals keines. Wir würden halt bald heimgehen, hatten wir uns vorgenommen. Aber dann hatten wir vor lauter Faschingsgaudi die Zeit vergessen. Es war schon dunkel gewesen, als uns der Vater von Hanni mit dem Auto nach Hause fuhr. Wir hatten noch die Clownschminke im Gesicht, als Mutter mit verweinten Augen die Haustür öffnete. Vater trat ihr in den Weg und empfing uns mit Ohrfeigen. Seine Hände waren dann rot, weiß und blau. Vater war mehrmals mit dem Auto den Schulweg abgefahren, nachdem wir nicht nach Hause gekommen waren. Er hatte bei den Häusern am Weg angeklopft und gefragt, ob man uns gesehen hätte. Mutter war mit Kathi den

Fußweg gelaufen, den wir normalerweise gingen. Niemand wusste von uns, keiner hatte uns gesehen. Als ich die verzweifelten Gesichter meiner Eltern sah, wurde mir klar, dass es ganz schlimm für sie wäre, wenn wir nicht mehr heimkommen würden. Beim Abendgebet dankte ich Gott für die Eltern, für die ich wichtig war.

Musst reden mit der Schilcherin, dass du nicht genug auf ihn aufpassen kannst, meinte Mutter. Ist er halt lieber bei dir als daheim. Einen Mantel hätten wir schon für den Rainer. Sie holte Kathis grünen Pelzmantel aus dem Schrank, von dem sich Kathi nicht trennen konnte. Bringst ihn halt wieder, wennst vorbeikommst, sagte Mutter zu Mariedl. Der Schneefall hatte nachgelassen, die beiden machten sich auf den Weg. Der Bub setzte seine Mütze mit der großen Quaste auf. Mariedl half ihm in den grünen Pelzmantel. Keine Miene verriet, ob ihm der Mantel gefiel, oder ob er ihn abscheulich fand. Als Mariedl und der Bub aus der Haustür traten und sich Mariedl dankend noch einmal umdrehte, sah sich auch der Bub um. Unsere Blicke trafen sich. Ich lächelte ihn an und winkte. Wenigstens hab ich ihm einen freundlichen Blick schenken können, dachte ich, als ich ihnen nachschaute und bald nur noch kleine und große Fußspuren im Schnee sah. Vielleicht hat er was davon.

BRENNEN WIE FEUER

Wenn ich über die Haut in den Armbeugen und am Hals strich, fühlte sie sich wie Leder an. Ich fuhr mit den Fingern die Ränder entlang, wo die Haut wieder weich und glatt wurde. Warum zog der Ausschlag genau da eine Grenze? Das hätte ich gerne gewusst. Und warum ich den Ausschlag überhaupt hatte. Er juckte. Ich durfte nicht kratzen. In der Wärme juckte die Haut ganz besonders. Also legte ich die Arme über die Bettdecke. Mit den Fingerkuppen strich ich unentwegt über die gerötete Lederhaut in den Armbeugen und am Hals. Das beruhigte. Aber durch die Reibung wurde die entzündete Haut warm und das Jucken kam wieder. Meine Schwestern neben mir schliefen tief und fest. Ich konnte nicht schlafen, solange die Haut juckte. Unter dem Holzfußboden spielten Mäuse. Ich griff nach einem Buch, das auf dem Nachtkästchen lag, und ließ es zu Boden fallen. Kathi drehte sich um, murmelte etwas und schlief weiter. Dann war es wieder still. Ich stellte mir vor, wie die Mäuse auseinandergestoben waren und nun in einem sicheren Versteck lauerten, um nach einiger Zeit wieder zusammenzufinden. Vielleicht, um junge Mäuse zu züchten. Bald würden zwischen Betondecke und Holzlatten Herden von Mäusen wohnen. Der Gedanke erfüllte mich mit Schaudern. Kurz war ich abgelenkt. Nun fuhr ich wieder mit den Fingerkuppen über die Lederhaut. Immer stärker. Abwechselnd in den Armbeugen, dann wieder am Hals. Bis ich den Fingernagel des Zeigefingers dazunahm. Ganz leicht fuhr ich mit dem Nagel über die juckenden Stellen am Hals. Von der Haut zur Schädeldecke bis zu den Zehenspitzen durchströmte mich ein wohliges Prickeln. Das hätte andauern dürfen. Ich kratzte an einer anderen Stelle, um dieses Prickeln wiederzuhaben. Ich schenkte mir Glücksmomente, bis die Lederhaut bis an die Ränder einen Brandherd bildete. Ich hatte gewusst, was dem Kratzen folgen würde. Zuerst der Juckreiz, dann die Glücksgefühle, hintennach das Brennen. Die Haut war nicht mehr wie Leder, sondern wie ein feuchter, schmieriger Lappen. Im Dunkel erahnte ich die Blutstropfen, die aus den Kratzwunden traten. Die Haut brauchte Kühlung. Ich stieg aus dem Bett, um ein Fenster zu öffnen. Die Winterkälte strömte ins Zimmer. Sie kroch unter meinen Pyjama und machte meine Füße kalt. Aber sie löschte auch das Feuer, das in den Beugen und am Hals brannte. Ich streckte die Arme zum Fenster hinaus und suchte mit den Augen nach dem Mond. Er war nicht zu sehen, nur ein paar Sterne blinkten am Himmel. Ich kletterte auf die Fensterbank und streckte den Kopf aus dem Fenster. Eine leuchtend gelbe Sichel stand über der Scheune. Nur wir beide sind wach, flüsterte ich. Jetzt könntest du mir verraten, wo der Himmel endet. Der Mond beleuchtete den Schnee, der auf den Dächern lag. Ich sah die Umrisse des Gartenzauns und den Fliederbusch davor. Die Zähne begannen zu klappern, der ganze Körper zitterte. Ich wollte nicht wieder ins Bett und das Brennen spüren müssen. Ich zog die Beine an, umfing sie mit meinen Armen und legte den Kopf an die Knie. Vielleicht sollte ich mir ein Iglu bauen. Dort würde ich ein Bett hineinstellen, und wenn das Feuer auf meiner Haut wütete, dann würde ich mich dorthin schlafen legen.

Anni, was tust! Josefas Stimme erschreckte mich, und ich sah sie im Dunkel des Zimmers aufrecht im Bett sitzen. Dann kam sie in ihrem Nachthemd wie ein Gespenst auf mich zugestürzt. Sie zog mich vom Fensterbrett und hielt mich fest in ihren Armen, als könnte ich noch immer aus dem Fenster fallen. Bist mondsüchtig, Anni?, fragte sie mit zitternder Stimme. Nein, nein, sagte ich. Der Ausschlag brennt. Nur die kalte Luft hilft.

Hast Orangen gegessen?, fragte Mutter am nächsten Tag, als sie von dem nächtlichen Ereignis hörte und meine wunden Arme begutachtete. Sogar von Vater erntete ich mitleidige Blicke. Vater mochte das Kranksein nicht. Kranksein kostete den Arzt und Medikamente. Krank werden muss man nicht, aber gegen meinen Ausschlag wusste er auch kein Rezept. Ich habe seit Weihnachten keine Orangen mehr gegessen, sagte ich. Vielleicht ist es doch die Kuhmilch, die du nicht verträgst, sagte Mutter. Müssen wir halt wieder eine Salbe besorgen. Die Salben vom Arzt brannten an den wunden Stellen und halfen nicht. Der Hausarzt gab mir jedes Mal eine andere Salbe gegen das Ekzem. Habe ich einen Ausschlag oder ein Ekzem?, hatte ich ihn einmal gefragt, um nur ein bisschen zu verstehen, was mit meiner Haut los war. Studierst Medizin, dann kennst dich aus, sagte er. Ärztin werden. Dieser Gedanke war bisher so weit von mir weg gewesen wie der Mond. Musste ich Ärztin werden, damit ich mir selber helfen konnte? Würde mir niemand helfen können? Bis zum Heiraten wird's gut, sagte Vater. Oder du gehst ins Kloster. Dann wirst auch gesund.

WAS ICH WERDEN MÖCHTE

Was ich werden möchte, lautete das Aufsatzthema.

Beschreibe, wie du dir deinen Beruf vorstellst. Ich dachte alle Berufe durch, die mir so einfielen: Verkäuferin, Friseurin, Bürokaufmann, Floristin. Nichts davon entsprach meinen Interessen. Vor wenigen Wochen war die Berufsberaterin in der Schule gewesen. Der Klassenlehrer hatte uns ermutigt, unsere Berufswünsche zu äußern. Die Berufsberaterin würde uns sagen, wie wir unser Ziel erreichen könnten. Ich hatte ihn beim Wort genommen und sagte zur Berufsberaterin, während sie mein letztes Zeugnis begutachtete, Journalistin wolle ich werden.

Wie stellst du dir diesen Beruf vor, hatte sie gefragt. Ich wolle über die Ölkrise berichten. Und über Mutter Teresa in Indien. Ich könnte auch Annemarie Moser interviewen. Oder sonst wen.

Sie hatte geschwiegen und dann gesagt: Du als Frau willst Journalistin werden?

Oder ich werde Schauspielerin, hatte ich nachgesetzt.

Über ihre Brille hinweg hatte sie mich weiter angesehen. Mit diesem Zeugnis?

Ich will keine Matura machen, hatte ich gesagt. Weil mich nicht alles interessiert, was ich für die Matura lernen müsste. Ja dann, hatte sie gesagt, dann vergiss das. Ich hatte mir dabei zugesehen, wie ich ihren krummen Schädel in einen Schraubstock zwängte. Und von allen Seiten die Schrauben festzog. Der Schädel war kleiner und kleiner geworden, bis kein Molekül mehr Platz hatte. Nur ihr Mund mit den breiten Lippen war unverändert geblieben. Er hatte sich weiter bewegt, aber ich hatte nichts mehr verstehen können. Es würde ihm nicht mehr gelingen, mir meine Träume zu zerreden. In dem verzogenen, beinahe verschwundenen Gesicht waren keine Augen mehr, die auf das ahnungslose Mädchen vom Land hätten herabschauen können. Als ich aufgestanden war, weil ich mir diesen lächerlichen Menschen nicht mehr hatte ansehen können, hatte er mir seine Hand über den Tisch hingestreckt. Ich hatte getan, als sähe ich sie nicht und war grußlos aus dem Zimmer gegangen.

Ich erinnerte mich, wie ich vor Jahren mit Josefa im Stall die Kühe unterrichtet hatte. Mit dem Stallbesen als Gitarre hatte sie den Kühen Lieder vorgesungen. Ich beschäftigte mich lieber mit Frieda, der stoßfreudigen Kuh. Sie stand meist neben dem

Durchgang und versuchte jeden, der vorbeiging, mit den Hörnern zu stoßen. Ganze Abende war ich während der Melkzeit bei ihr gestanden. Ich wollte wissen, warum Frieda böse war. Und ob sie sich ändern könnte. So hatte ich mich zu ihr an den Futtertisch gesetzt und sie beobachtet, mit ihr geredet. Ich hatte versucht, sie an den Nüstern und an der Stirn zu berühren. Aber sie hatte immer nur den Kopf gesenkt und die Hörner auf mich gerichtet. Die ist eben so, hatte die Magd gesagt, und auch sie war auf der Hut gewesen, um nicht beim Melken von ihr getreten zu werden. Eines Tages hatte Vater sie verkauft.

So ein Beruf hätte mich interessiert, in dem ich ein Tier zähmen könnte. Oder jemanden dazu zu bringen, ein besserer Mensch zu werden. Erst unlängst hatte ich Mutter davon reden hören, dass jener Bub, der letzten Winter mit der Magd Mariedl bei uns daheim gewesen war, eine Katze im Klo ertränkt hatte. Und ein kleines Mädchen in einen Ameisenhaufen gesetzt und es festgehalten. So einem Kind muss man helfen, damit es ein besserer Mensch werden kann. Wenn dieser Bub in ein Heim käme, könnte ich seine Erzieherin werden. Ich hatte keine Ahnung, wie ich aus ihm einen besseren Menschen machen könnte.

Mir blieb kaum noch Zeit, den Aufsatz zu schreiben. Ich beschrieb in schnellen Zügen den Beruf einer Krankenschwester, weil Josefa in die Schwesternschule gehen wollte.

Eine Krankenschwester misst täglich Fieber und schreibt die Fiebertafel, schrieb ich in meinem Aufsatz. Sie teilt Medikamente aus und wäscht die Kranken. Sie wechselt Verbände und begleitet den Arzt bei der Visite. Manche Menschen haben große Angst vor der Operation, und die Schwester muss sie beruhigen. Kleine Kinder weinen viel, weil sie Vater und Mutter vermissen. Leider nehmen sich Krankenschwestern wenig Zeit für die Kleinen. Wenn ich Krankenschwester werde, dann nehme ich mir Zeit für die Kinder, die keinen Besuch bekommen, schrieb ich.

Inhalt sehr gut, schrieb die Deutschlehrerin in mein Heft. Du wirst bestimmt eine gute Krankenschwester.

AUSGETRÄUMT

Wenn du auf den Ball wartest, steh nie ruhig. Du lauerst, hältst den Schläger mit beiden Händen, startbereit.

Sportwoche war etwas Neues an der Schule. Eine ganze Woche Sport mit Leichtathletik, Judo, Schwimmen, Volleyball und Tennis. Ich meldete mich für Tennis. Dazu würden wir jeden Tag zum zwanzig Kilometer entfernten Tennisplatz und wieder nach Hause gefahren werden. Das bedeutete täglich eine Stunde weniger Sport.

Zu sechst standen wir auf dem Platz mit ausgeborgten Tennisschuhen und Tennisschlägern einem Trainer gegenüber, der uns erklärte, wie wir den Schläger zu halten und wie wir zu stehen hatten. Am Nebenplatz wurde zügig gespielt. Mir gefiel, wie sie sich bewegten und sich die Bälle treffend zuspielten. So werdet ihr am Freitag spielen, sagte Jürgen. Na ja, fast so gut. Jürgen wurde nicht müde, uns zu sagen, was wir gut und was wir besser machen sollten. Ich wollte jeden Ball über das

Netz zurückschlagen, die hohen und die tiefen, und auch jene, die im Out landeten. Verlier den Ball nicht aus den Augen, wiederholte er.

Mit geschlossenen Augen im Bett liegend, sah ich am Abend die Bälle fliegen. Ich sah mir zu, wie ich ausholte, den Ball fixierte und ihn mit dem Schläger zurück in die andere Spielfeldhälfte schlug. Ich hörte das Klack, wenn der Ball gegen das Netz des Schlägers prallte. Jeder der Bälle traf im Traum meinen Schläger und landete auf Jürgens Spielfeld. Jürgen schonte uns nicht. Obwohl wir am nächsten Tag über Muskelkater und Handgelenksschmerzen klagten, ließ er uns dreimal um den Platz laufen und Dehnungsübungen machen. Er übte mit uns den Schlag aus der Schulter. Rosi hatte Muskeln wie ein Mann. Ihre Bälle kamen schnell, und man wusste nie genau, wohin sie zielte. Sie hatte mehr Ausdauer als ich. Meine Bälle landeten gezielt, und Jürgen lobte meine starke Rückhand. Nach einer halben Stunde Spielzeit konnte ich dem Ball nicht mehr folgen. Holte zu spät aus und traf die Bälle hinter dem Körper, oder ich war zu nah am Ball. Jürgen erklärte mir, wie ich Ausdauer trainieren konnte.

Beim Schlagen stell dich seitlich. Bei Vorhand der linke Fuß vor, bei Rückhand der rechte Fuß. Wenn du offen stehst, schlägst du ins seitliche Out. Sieh immer auf den Ball. Verlier ihn nie aus den Augen.

An den Vormittagen spielten auf den anliegenden Plätzen Pensionisten. Noch nie zuvor hatte ich sportliche ältere Männer und Frauen gesehen. Goldene Zähne im weißen Gebiss der braun gebrannten Männer mit Nike-Caps, Poloshirts von Lacoste und teuren Uhren, die in der Sonne blitzten. Über den Dauerwellen der Frauen klemmten riesige Sonnenbrillen. Vogue, flüsterte Rosi mir ins Ohr. Selbst ältere Frauen trugen kurze Faltenröcke. Sie saßen mit überkreuzten Beinen ohne Krampfadern beim Buffet. Sie sahen an uns vorbei, wenn wir vorübermarschierten. Einmal drehte ich mich um. Die Augen zweier Frauen waren uns gefolgt. Sofort wendeten sie ihre Blicke ab. Wir trugen rote Turnhosen und Baumwollshirts. Wir passten nicht hierher. Die zwei Buben unserer Gruppe trugen Kappen mit der Aufschrift Wilson. Die Kappe meines Bruders hatte keinen Namen. Reinhards Eltern waren Lehrer, Alfreds Eltern hatten den ersten Selbstbedienungsladen im Ort. Sie gingen entweder vor oder hinter uns Mädchen und standen mit ihren weißen Sporthosen auf dem Platz ein wenig abseits. Als gehörten sie nicht zu uns. Wir nicht zu ihnen. Jürgen machte keinen Unterschied.

Am fünften und letzten Tag waren wir nur noch zu viert auf dem Platz. Reinhard, Alfred, Rosi und ich. Wir spielten ein erstes Match. Ein Match ohne Zuschauer. Jeder spielte gegen jeden. Rosi gewann, ich war zweite. Jürgen lud uns auf eine Cola ein. Das tröstete ein wenig darüber hinweg, dass die Tenniswoche zu Ende war. Schließlich fragte uns Jürgen, ob wir weitermachen wollten. Ihr zwei seid sehr begabt, sagte er, als die Jungs zum Auto vorausgegangen waren. An Samstagen könne er uns Trainingsstunden geben für dreißig Schilling in der Stunde. Auch ohne ihn könnten wir uns hier auf dem Platz Partner suchen, gegen kleine Platzspesen. Er würde uns auf jeden Fall empfehlen, weiterzumachen. Ich hatte keine dreißig Schilling in der Woche, und auch kein Geld für den Bus. So wie Rosi hatte ich keinen Tennisschläger und keine entsprechenden Schuhe. Wir könnten es weit bringen, sagte er. Weder meine noch Rosis Eltern würden jemals Tennisstunden, Schläger und Schuhe bezahlen.

Vor dem Tennis waren meine Gedanken andere gewesen. Jetzt stellte ich mir unentwegt vor, wie ich auf dem Platz stand und Bälle schlug. Diese Bilder nahm ich mit in den Schlaf, auch das Klack, wenn der Schläger den Ball traf. Am Samstag würden Rosi und ich mit dem Fahrrad zum Tennisplatz fahren. Rosi hatte Jürgen angerufen und ihm gesagt, dass wir gerne spielen würden, unsere Eltern aber kein Geld für Tennisausrüstung ausgeben würden. Er werde uns Tennissachen besorgen, versprach er. Aus Vaters Jackentasche nahm ich zehn Schilling. Einen Zwanzigschillingschein konnte ich aus der Sparbüchse ziehen.

Du hast Zeit genug, festzustellen, wohin der Ball fliegt. Hol nur früh genug aus, damit du den Ball vor deinem Körper triffst. Dann bekommt er genug Aufschwung. Den Schlag nicht bremsen, zieh den Schläger ruhig bis zur gegenüberliegenden Schulter. Vielleicht bringt dir das blaue Flecken. Dafür lieferst du schnelle Bälle.

Am Samstag tummelten sich Menschen jeden Alters auf dem Tennisplatz. Braun gebrannte Mädchen mit Pferdeschwänzen und sehr kurzen weißen Röcken tänzelten an uns vorbei. Der Tennisrock, den Jürgen mir besorgt hatte, rutschte von den Hüften. Auf dem Spielfeld dachte ich nicht mehr daran, was die Leute hier über mich denken könnten. Dass sie denken mochten, das ist ja ein Bauernmädchen, was tut die hier. Rosi überlegte nicht. Sie redete mit einem sommersprossigen Mädchen mit blonden Haaren und Pferdeschwanz. Samstags war Linda immer am Platz, und Rosi suchte ihre Nähe.

Jeden Samstag brauchte ich dreißig Schilling und einen guten Grund, den ich den Eltern nennen konnte, wo ich die Samstage verbringen würde. Und ich brauchte Fahrgelegenheiten. Die Sommerferien begannen, und nun konnte es auch ein weiterer Tag sein, an dem ich zum Tennisplatz fahren konnte. Der Bus kostete Geld. Das Training kostete Geld. Emil konnte ich fragen. Wenn ich ihn wieder einmal treffen würde. Aber warum sollte er mich fahren? Ich war nur eines von vielen Mädchen, dem er schöne Augen machte. Rosis Weg war kürzer. Sie hatte Brüder, die sie mit dem Auto zum Tennisplatz fuhren. Mit dem Fahrrad fuhr ich öfter zu ihr und ihre Brüder nahmen mich mit. Eines Tages sagte Rosi, sie höre auf mit Tennisspielen. Einmal hatte ich Rosi Linda auf den Mund küssen sehen. Sie hatten sich in der Garderobe unbeobachtet geglaubt. Als Rosi mich sah, sagte sie: Willst du Jürgen küssen? Ich kann das für dich tun, dass er dich küsst.

Warum sollte Jürgen ein um zehn Jahre jüngeres Mädchen küssen? Nun wollte Rosi nicht mehr hin. Sie werde eine Mädchenfußballmannschaft gründen, sagte sie.

Dein Platz ist immer an der Grundlinie. Nach jedem Schlag läufst du zu ihr zurück. Das ist die Grundstellung, aus der du den Platz unter Kontrolle hast.

Den ganzen Sommer lang dachte ich an Tennisbälle, die übers Netz flogen und von meinem Schläger abgefangen wurden. Ich sammelte die verbrauchten Bälle aus den Abfallkübeln des Tennisplatzes, um daheim den Aufschlag zu üben. An der Silowand spielte ich gegen mich selbst. Ich half bei Kirchfesten und holte dem Jäger Höllerer Vogelbeeren von den hohen Bäumen, die er für sein Wild brauchte. Ein Schilling für das Kilo, nach zwanzig Kilo waren die Bäume rundherum leer gepflückt. Gelegentlich nahm ich Vater zehn Schilling aus der Jackentasche. Manchmal dachte ich an Emil, den ich zu treffen hoffte. Ich durfte abends noch nicht zu den Sommerfesten, die in der Gegend stattfanden. Emil würde viele Mädchen treffen, die er küssen konnte. Was bedeutete es schon, wenn er mich während eines Frühschoppens hinter einen Baum führte, um mir ins Ohr zu flüstern, ich sei so besonders, und er mich auf den Mund küsste? Nicht einmal ein Zungenkuss war es gewesen. Trotzdem dachte ich ständig an den Moment, als seine Lippen meine berührt hatten. Wie in einem Film spielte sich die Szene in meinem Kopf ab, ich spulte zurück und spielte sie wieder ab, hundertmal am Tag und öfter. Ich stellte mir vor, ein Tennisturnier zu spielen. Und ich würde gegen alle Pferdeschwanzmädchen gewinnen. Emil säße auf der Zuschauertribüne und würde mich spielen sehen. Als Siegerin würde ich zuerst Jürgen küssen, weil er mein großartiger Trainer war. Dann würde ich Emil küssen, heiß und innig.

Bleib mit beiden Beinen auf dem Boden, wenn du schlägst. Tennis ist kein Tanz. Geh leicht in die Knie und dreh deinen Körper. Das ist Ästhetik beim Tennisspiel.

Die Pferdeschwanzmädchen luden mich ein, mit ihnen Matches zu spielen. Ruth brachte einen Tennisrock, der mir passte. Conny schenkte mir an einem heißen Sommertag ein Nike-Cap. Sie machten Jürgen schöne Augen und schwärmten für ihn. Sie erzählten von ihren Urlauben am Meer in Italien, auf Ibiza und Mallorca. Ich war bisher nur auf Jungscharlager gewesen. Und letztes Jahr in Südtirol, bei meinen Verwandten. Für mich war das eine weite Reise in ein anderes Land gewesen. Lindas Mutter saß den ganzen Nachmittag beim Buffet und ließ ihre Tochter nicht aus den Augen. Wenigstens ist die andere nicht mehr da, hörte ich sie einmal im Vorübergehen zu ihrer Tischnachbarin sagen. Dafür habe ich gesorgt, sagte diese. Was das für eine Trutschen war.

Deshalb also hatte Rosi aufgehört. Lindas Mutter hatte sie vom Platz verwiesen. Warum hatte sie auch ein Mädchen küssen müssen.

*

Wo du immer bist, fragten die Eltern, nachdem ich zweimal in der Woche unter Vorwänden von daheim verschwand. Du bist ja nicht mehr für die Arbeit zu haben. Ich verdiene ein wenig Geld, sagte ich. Beim Buffet am Tennisplatz helfe ich aus.

Wie kommst dahin?, fragten sie mich.

Irgendwer fährt immer, sagte ich.

Du bist eine ganz andere geworden, sagte Josefa. Herta sagt das auch.

Hat sie das gesagt? Warum redest du mit Herta über mich?

Weil sie nicht versteht, warum du keine Zeit mehr hast für sie.

Was redet ihr über mich?

Dass du eine von denen geworden bist.

Du kennst sie ja gar nicht. Falls du die Leute auf dem Tennisplatz meinst. Wie bin ich geworden?

Dich kümmert gar nichts mehr. Nicht einmal für Andreas und Valerie hast du Zeit.

Andreas fährt den ganzen Tag Traktor und Valerie ist mit Kathi dauernd im Bad.

Wir lagen im Bett und redeten ins Dunkel des Zimmers. Draußen fuhr der Wind in die Äste der Obstbäume. Blitze fuhren durch den Himmel, das Donnergrollen war noch weit weg.

Ich möcht nicht, dass wir uns nichts mehr zu sagen haben, Anni.

Es bleibt halt nicht alles so, wie es einmal war.

Aber was einem wichtig ist, das bleibt doch. Ich möcht, dass wir uns immer alles sagen können.

Du kannst mir alles sagen, Josefi.

Regentropfen fielen und das Donnergrollen wurde lauter. Blitze zuckten unentwegt am Himmel.

Am Samstag mach ich ein Geburtstagsfest mit Lagerfeuer. Wenn du willst, lad ich Emil ein, sagte Josefa. Sie nahm meine Hand und hielt sie ganz fest.

*

Der Schlag kommt aus der Schulter, nicht aus dem Handgelenk. Mit der Schulter transportierst du die ganze Kraft deines Körpers.

Das Ende der Ferien nahte. Mein letztes Pflichtschuljahr würde beginnen. Ich wollte Tennisprofi werden. Ich wusste genau, dass ich das wollte. Es war der letzte Samstag vor Ferienende. Jürgen hatte den Sommer über dafür gesorgt, dass ich möglichst viele verschiedene Gegner hatte. Auf jeden Spieler musste ich mich neu einstellen. Tanja würde heute meine Gegnerin sein. Sie hatte sich für die österreichische Meisterschaft qualifiziert. Ihr ungewöhnlicher Kurzhaarschnitt erinnerte mich daran, wie ich mir vor einigen Jahren selbst die Haare geschnitten und die Friseurin mir einen ebensolche Frisur verpasst hatte.

Zu Beginn kamen die Bälle gemächlich über das Netz. Mal ein Ball für die Vorhand, dann wieder für die Rückhand. Ich konnte ihr zeigen, wie gut ich die Rückhand beherrschte. Und dass ich in der Lage war, jeden Ball abzufangen, egal in welcher Höhe er kam. Plötzlich kamen die Bälle schnell. Ich schaffte es nicht mehr, sie zurück an die Grundlinie zu schlagen. Tanja spielte im Halfcourt und bewegte sich bis ans Netz vor. Ich lief, als ginge es um mein Leben. Von dort vollierte sie meine Bälle meist für mich unerreichbar an die Seitenlinien. Meine Beine begannen zu zittern. Der Puls hämmerte an den Schläfen, das Blut rauschte in meinem Kopf. Mir war unerträglich heiß. Mir blieb keine Zeit, Schwächen meiner Gegnerin auszumachen. Sie schien keine zu haben. Viel zu spät holte ich aus, die Bälle flogen an mir vorbei. Nach dem ersten Satz, in dem ich kein einziges Game gewonnen hatte, machten wir Pause. Ich drehte den Wasserhahn auf, nahm den Schlauch und hielt mir den kalten, scharfen Strahl ins Gesicht. Dieser Schmerz linderte den Schmerz der Niederlage. Vielleicht hatten die Pferdeschwanzmädchen sich das ausgedacht: Wir setzen sie Tanja aus, die wird sie vom Platz fegen. Bauernmädchen gehören auf das Feld, nicht auf den Tennisplatz. So werden sie geredet haben. Und Tanja spielte mit. Wenn ihr wollt, wird sie gesagt haben, kann ich sie fertigmachen.

Ich setzte mich auf die Bank. Und legte den Kopf zurück in den Nacken. Im Hintergrund das Lachen und Rufen von Leuten, die an den Buffettischen saßen. Hier lachte man anders als auf dem Land. Aber ich fand nicht heraus, was das Lachen anders machte.

Das kühle Nass auf meiner Haut brachte klare Gedanken zurück. Das Pochen in den Schläfen hatte aufgehört. Tanja hielt mir eine Mineralwasserflasche entgegen. Du verlangst zu viel von dir, sagte sie. Das Spiel ging weiter. Ich war mit dem Aufschlag an der Reihe. An die Grundlinie schlagen. Links, rechts, rechts, links, in die Mitte. Dann Strategie ändern. Von flachen zu hohen Bällen, die der Gegnerin ins Netz gingen. Ich gewann zwei Games hintereinander. Dann gewann wieder Tanja. Am Ende stand sie wieder vorne am Netz und vollierte die Bälle. Ich erwartete das 2:6 im zweiten Satz.

Am Ende des Spiels reichen sich die Gegner die Hände. Ganz gleich, wie das Spiel war, ob du es unfair empfunden hast, du deinen Gegner mit dem Schläger verprügeln hättest wollen. Am Ende gebt ihr euch die Hand.

Tanjas Händedruck war fest, ihr Lächeln herzlich. Irgendwo würden die Pferdeschwanzmädchen stehen und sich ins Fäustchen lachen. Nur Jürgen und der Vereinsobmann standen am Zaun. Sie kamen auf den Platz, während wir das Spielfeld abzogen. Tanja wechselte ein paar Worte mit den beiden. Bestimmt wollten sie mit ihr reden, war sie doch der ganze Stolz des Vereins. Sie hängte das Schleppnetz an den Zaun, nahm ihre Tasche und ging vom Platz. Die Männer blieben. Mein Gesicht glühte. Ich hätte gerne den Wasserhahn aufdrehen, trinken, mein Gesicht und den Nacken kühlen wollen. An den Waden zog es vom vielen Rückwärtslaufen. Morgen würde ich einen ordentlichen Muskelkater haben. Tanja hat dich ganz schön mitgenommen, sagte Jürgen. Mach dir nichts draus, sagte er. Sie spielt in einer anderen Liga. Ich konnte jetzt kein Mitgefühl ertragen. Tränen verschleierten meinen Blick. Mit einem Handtuch wischte ich Tränen und Schweiß aus dem Gesicht. Ich räumte meine Tennisbälle, die ich mir durch die Mithilfe in der Buffetküche verdient hatte, in die Tasche. Wir möchten über deine Tenniszukunft reden, sagte Jürgen. Sie werden mir sagen, dass ich keine hätte. Dass es Zeit war, hier zu verschwinden. Weil mein Platz nicht unter den Besseren, den Geldigen war, sondern dort, wo sie meine Sprache redeten. Bei den jungen Leuten auf dem Land, wo man auf Bällen Walzer und Polka tanzte. Jürgen konnte nicht wissen, dass ich lieber Beatles und Bob Dylan hörte. Musik, die aus der Jukebox beim Buffet zu hören war. Mein Platz war dort, wo die Menschen den Stallgeruch mit sich trugen. Kühe melken machte Sinn, nicht aber Bälle über den Platz dreschen. Wir setzten uns auf die Bank. Wie lange spielst du schon?, fragte der Vereinsobmann. Drei Monate? So kurze Zeit und du spielst schon gegen Tanja.

Jeder konnte gegen Tanja spielen. Aber nur ich verlor so erbärmlich.

Anni, wir meinen, du solltest Vereinsmitglied werden, sagte Jürgen. Talente und Kämpferinnen wie dich brauchen wir. Ich beobachtete das Paar, das auf den Platz gekommen war. Sie begossen das Feld mit Wasser aus dem Schlauch. Ich brauchte dringend Wasser zum Kühlen, zum Trinken. Der Vereinsobmann räusperte sich.

Wenn du weitermachen willst, Anni, dann solltest du Vereinsmitglied werden. Das bedeutet natürlich Verpflichtung, aber auch eine große Chance.

Die neuen Spieler, vermutlich ein Ehepaar, warfen sich gemächlich Bälle zu. Der Mann rief unentwegt seiner Spielpartnerin zu, wie sie zu spielen hätte. Warum lässt sie sich das gefallen?, fragte ich mich.

Ich möchte mit deinen Eltern reden, sagte Jürgen. Bestimmt kann ich ihnen erklären, dass Talente wie du gefördert werden sollen.

Jürgen hätte das nicht sagen sollen. Mit den Eltern reden. Wie Jürgen sich das vorstellte?

In drei Wochen haben wir unser letztes Tennisturnier heuer, sagte der Vereinsobmann. Wenn du dabei sein willst, dann werden wir dich darauf vorbereiten.

Gehörte ich doch hierher? Oder zu den Leuten im Dorf? Zu Emil?

Josefa hatte zu ihrem Geburtstag Freunde eingeladen und im Obstgarten ein Sommerfest mit Lagerfeuer und Musik vorbereitet. Ich konnte nicht aufhören, mir den Abend mit Emil zu erträumen. Dass er mit mir am Lagerfeuer sitzen würde, seinen Arm um mich legen und mich küssen würde. Ich hatte mir vorzustellen versucht, wie ein Zungenkuss schmeckte. Wie das ist, wenn zwei Zungen sich berühren, ob das tatsächlich angenehm war, den Speichel auszutauschen. Als Emil endlich da war, hatte ich mich nicht getraut, seine Nähe zu suchen. Ich war furchtbar aufgeregt gewesen und fürchtete, er wolle nichts von mir wissen. Dann kam es doch so, wie ich es mir erträumt hatte. Emil hatte sich im Laufe des Abends zu mir ans Feuer gesetzt. Unsere Arme hatten sich berührt, er streichelte meinen Arm, nahm meine Hand. Er war mit mir weg vom Feuer in die Dunkelheit gegangen. Wir hatten zur Gitarrenmusik getanzt. Er zog mich ganz nah an sich heran, spielte mit meinem Haar. Ich hatte sein Rasierwasser gerochen, seine Haut, seinen Atem. Dann hatte er mich geküsst. Ich hatte nicht gewusst, wie weich Lippen sind. Emils Lippen. Sie zu küssen war wunderbar. Seine Hände hatten meinen Rücken gestreichelt, und über meinen Bauch und meine Brüste. Zwischen langen, feuchten Küssen hatte Emil Fragen gestellt.

Was machst du immer so?

Ich spiele Tennis.

Tennis spielen, sagte Emil. Wer tut so was?

Ich. Ich tu so was.

Irgendeinmal, dachte ich, wird Emil mich zum Tennis begleiten. Vielleicht würde er mit mir Tennis spielen wollen. Als die Nacht am Feuer zu Ende ging, war auch die Zeit mit Emil um gewesen. Er suche ein Mädchen, das er heiraten könne, hatte er zum Abschied gesagt. Er war neunzehn und dachte ans Heiraten. Ich war bald fünfzehn und unsterblich verliebt.

Dreimal in der Woche trainieren, zu Meisterschaften fahren, Tennisausrüstung kaufen. Jürgen hatte leicht reden. Der Vater Uni-Professor, die Mutter Pharmazeutin und Apothekeninhaberin. Wie stellte Jürgen sich meine Eltern vor? Mein Vater mit zerschlissenem und verschwitztem Arbeitsgewand, der nicht nur die Arbeit als Bauer, sondern auch als Bauarbeiter und Totengräber tat. Und Mutter, die Jürgen sagen würde, dass Anni einen ordentlichen Beruf lernen sollte. Dass sie sich um ein gutes Abschlusszeugnis bemühen müsse.

Die Männer redeten und redeten. Ich schob ihnen Tennisbälle in den Rachen. Nun quakten sie wie die Frösche. Es würde ihnen nicht mehr gelingen, mich weiter in den Zwiespalt zu treiben. Ich ging zum Wasserhahn, drehte auf, nahm den Schlauch. Spritzte mir Wasser ins Gesicht und kühlte den Nacken. Jetzt bist du aufgewacht, sagte ich mir. Ich hätte gern mein Leben weiter geträumt. Irgendwie würde ich auch heute nach Hause kommen.

EINE ANDERE WERDEN

Mit dem Zeugnis kannst ins Kloster gehen, sagte Vater und ließ das Stück Papier über den Tisch segeln.

Auch dort muss sie was lernen, sagte Mutter.

Ihr Seufzer klang hoffnungslos.

Vater schüttelte den Kopf, wischte sich mit dem Handrücken den Schweiß von der Stirn. Für Drohungen war es zu spät. Um seine Enttäuschung zu demonstrieren nicht.

Und ich dachte, du würdest einmal studieren, sagte er.

Das hatte er mir nie gesagt. Oder meinte Vater mit studieren: in eine weiterführende Schule gehen? Ich hatte nie gesagt, dass ich studieren hätte wollen. Das würden wir uns nicht leisten können. Josefas Ausbildung kostete schon zu viel.

Es ist noch nicht zu spät, sagte ich.

Du bekommst nicht einmal eine Lehrstelle, schimpfte Mutter. Sie sah zum Fenster hinaus und zuckte mit dem Mund. So wie sie es immer tat, wenn ihr etwas missfiel. Vielleicht sah sie mich als Hilfsarbeiterin in einer Fabrik. Oder als Putzfrau im Supermarkt.

Ich geh einfach arbeiten, sagte ich. Irgendwas kann ich arbeiten. Ich spar Geld, und dann mach ich eine Ausbildung. Wenn ich weiß, was ich machen will.

Vater ließ den Löffel in den Teller fallen und schob ihn von sich weg.

Als könnt man immer tun, was man will, sagte er. Übernimm den Hof. Die Landwirtschaftsschule wirst ja doch schaffen.

Nie im Leben hätte ich daheim bleiben wollen. Bis zu meinem Lebensende an heißen Tagen Heu oder Stroh zusammenrechen. Kartoffeln klauben, und kein Ende dieser unerträglichen Arbeiten in Sicht haben. Mich zwischen die schweren Leiber der Kühe zwängen und die vollen Milchkannen schleppen. Nie den Stallgeruch loswerden. Mindestens nach Linz wollte ich. Dort würde ich eine andere werden. Weil auch Martha eine andere geworden war. Und auch Josefa sich veränderte. Sie wiegte mit den Hüften beim Gehen, schminkte sich die Lippen. So wie sie mit Leuten redete und sie dabei ansah, wirkte sie fast erwachsen. Sie verwendete Wörter, die ich nicht verstand. Sie tat, als wäre sie schon Krankenschwesternschülerin. Vielleicht würde ich so wie die Mädchen auf dem Tennisplatz werden, die keine Scheu kannten. Auch für mich würde es gut sein, eine andere zu werden.

FORTGEHEN

Gottes Segen auf deinen Wegen, sagte Mutter, tauchte ihre Finger in den Weihwasserkessel und machte das Kreuzzeichen auf meine Stirn. Vergiss nicht, wo du herkommst, meinte Vater. Die Magd drückte mir ein Handtuch in die Hand, in das sie meinen Namen gestickt hatte. Sie gingen zur Arbeit auf die Felder. Ich packte meine Sachen ein.

Vor dem Haus strich mir die Katze um die Beine und miaute. Sie wollte nicht, dass ich fortging. Viele tote Mäuse hatte sie mir vor die Füße gelegt. In meinem Bett hatte sie ihre Jungen geboren. Auf welchen Schoß würde sie sich nun legen?

Martha begleitete mich zur Bushaltestelle. Die schwere Reisetasche fand im Gepäckträger des Kinderwagens Platz. Marthas Baby lag im Wagen. Ich tätschelte Isabellas Wangen. Was Martha nicht gerne sah. Jetzt würde ich meine Nichte nur noch an den freien Wochenenden sehen. Womöglich würde ich nicht da sein, wenn sie ihre ersten Schritte machte.

Meine Blicke wanderten die Fenster entlang. In einem der Räume dahinter war ich geboren worden. In einem anderen hatte ich meine Haare abgeschnitten. In einem Zimmer war ich nachts wach gelegen, weil die Haut juckte, oder weil die Mäuse unter dem Fußboden spielten. Ich hatte in den Räumen meine tote Schwester gesucht. Der Kirschbaum fiel in meinen Blick. Wie lang war ich nicht mehr dort oben gewesen? Mein Leben änderte sich nicht erst heute. Es hatte längst begonnen sich zu ändern.

Diese Straße würde nur noch Kathis Schulweg sein. Hunderte Male war ich ihn mit ihr gegangen, zuvor auch mit Josefa. Sackgasse hatten wir den Weg zur Schule genannt. In einer Sackgasse gibt es kein Weiterkommen, nur ein Umkehren. Für uns war die Schule eine Sackgasse gewesen.

Der Sommerwind streifte durch mein Haar, und von irgendwoher wehte der Duft von frisch gemähtem Gras. Nie würde ich diesen Moment vergessen, glaubte ich zu wissen, sah auf meine Füße, wie sie eilends Schritte machten. An meinem ersten Schultag war ich in der Bankreihe gesessen und hatte meine Beine mit den neuen gemusterten Stutzen betrachtet, während ich der Lehrerin lauschte. Die Mütter waren hinten an der Wand gestanden und hatten mit ernsten Gesichtern auf ihre Erstklässler geschaut. Als müssten sie uns noch einmal ermahnen, bevor sie uns der Lehrerin überließen. Ich war nun Schülerin und fast erwachsen. Immer würde ich mich an diese Stunde in der Schule erinnern, hatte ich damals gedacht. Ein Haus für gesammelte Augenblicke werde ich bauen. Adieu, sagte ich, und meinte all das, was hinter mir lag. Die Arbeit auf dem Hof. Den Stallgeruch, der an Haaren und Haut haften blieb. Den Nachbarn, der mit einer Erntemaschine an uns vorbeifuhr. Ich war neugierig auf das neue Leben. Freude war es keine. Unmöglich, dass Arbeit Freude bereiten könnte. Im Traum vielleicht. Aber Träume passten nicht ins Leben. Träume träumte man eben nur.

Lass die Schultern nicht hängen, mahnte Martha. In Linz gehen die Leute aufrecht. Dort ziehen die Frauen Stöckelschuhe an. Kauf dir Schuhe mit dem ersten Geld, sagte sie. Ich wollte eigentlich Schallplatten kaufen. Martha wusste, was modern war. Sie war acht Jahre lang ein Stadtmensch gewesen. Bis das Kind kam.

Haben in Linz alle Frauen Schuhe mit Absätzen an?

Alle Damen haben Stöckelschuhe an.

Will jede Stadtfrau eine Dame sein?

Die meisten schon.

Manche brechen sich bestimmt die Knöchel, wenn sie mit hohen Schuhen über Pflastersteine gehen. Dann humpeln sie mit Gipsbeinen durch die Landstraße.

Was du dir immer zusammenreimst.

Ich ging, als hätte ich Schuhe mit Absätzen an. Ich breitete die Arme aus, um das Gleichgewicht zu halten. Ich kann das nicht, sagte ich und mimte lieber einen Vogel, der durch die Luft flog, über den Dingen schwebend. Ich ließ meine Krallenfinger auf den Kinderwagen nieder, wo sie sich in die Decke gruben. Ich streckte meinen Kopf in den Wagen. Erschreck sie nicht, schimpfte Martha. Aber Isabella lachte und hätte gerne noch einmal ihre Tante als Vogel landen sehen wollen. Pfleg deine Haare, setzte Martha ihre Belehrung fort. Und zeig dich niemals mit schmutzigen Nägeln! Rede ja nicht in der Mundart, sagte Martha. Man lacht dich aus. Soll ich reden, als würde ich aus einem Buch lesen?, fragte ich. Ich probierte ein paar Sätze. Martha winkte ab. Du wirst das schon lernen. Es war nicht dasselbe, zu lesen oder nach der Schrift zu reden, merkte ich.

Bei der Anhöhe sahen wir Mutter, die auf dem nahen Rübenacker mit einer Haue Unkraut jätete.

Sie winkte. Ich glaubte, sie schluchzen zu hören. Ein Knoten bildete sich in meinem Hals. Sollte ich zu Mutter laufen, sie umarmen? Ich wusste nicht, ob man etwas tun kann, was man noch nie getan hat. Sie hieb mit der Haue in die Erde. Als würde sie etwas begraben. Ich winkte. Es kam nichts von ihr zurück.

Schweigsam gingen wir hinunter ins Dorf. Schließlich sagte Martha: Auch Isabella wird einmal von zu Hause weggehen. Sie strich ihrem nun schlafenden Kind über den Kopf, es in Gedanken versunken betrachtend. Aber vorher, sagte ich, wird sie noch laufen lernen und Mama sagen. Sie wird in der Schule Einser schreiben. Fünfer auch. Sie wird wie wild mit dem Fahrrad fahren, sich die Knie aufschlagen, und du wirst mit ihr schimpfen. Hör auf, sagte Martha und stieß mir in die Seite. Wenigstens lachte sie wieder. Viel zu schwer wird ein Abschied gemacht. Als wäre er für immer. Was bleibt schon, wie es ist? Nur Steine bleiben, wie sie sind. Ich dachte an das mühselige Steinklauben auf den Feldern, wo jedes Jahr neue lagen. Wo Steine sich angeblich nicht vermehren.

Du musst Isabella öfter meinen Namen sagen, ihr ein Foto zeigen, damit sie mich nicht vergisst, sagte ich zu Martha, als der Bus in die Haltestelle einfuhr.

Der Bus fuhr ab, und Martha mit dem Kinderwagen verschwand aus meinem Blickfeld. Ich wandte mich der Straße zu, die mich in ein neues Leben führte. In einer Stunde würde ich ein Stadtmensch sein.

WAS NICHT WARTEN KANN

Wir trafen uns an der Donau. Bei der Tanzschule, hatte Josefa gesagt und sehr bestimmt geklungen. Nun musterte mich Josefa. Ihr gefiel nicht, wie ich mich kleidete. Ich hatte es aufgegeben, Stadtdame sein zu wollen, zog lieber lange Röcke an und ging in flachen Schuhen.

Gelb schwefeliger Nebel lag in der Luft, und kalter Wind trieb Blätter über den Weg. Warum müssen wir uns gerade heute treffen, fragte ich.

Manche Dinge können nicht warten, meinte Josefa. Blass war sie, und dunkle Ringe säumten die Augen. Mit dem Mireille-Mathieu-Haarschnitt wirkte sie fast kindlich. Sie zog die Jacke um ihren Bauch und hielt sie zusammen. Katharina kam gelaufen. Das dauergewellte Lockenhaar wehte um ihren Kopf. Junge Männer sahen ihr, der Langbeinigen, hinterher. Nur ihre großen Hände und kurzen Fingernägel schienen einer Karriere als Model im Weg zu stehen.

Josefi, Anni, dass ihr nicht auf mich wartet!

Mittlerweile Anna, schon vergessen?

Dann bin ich Katharina. Verstanden?

Als hättet ihr keine anderen Sorgen, sagte Josefa. Und immer kommst zu spät.

Hast du Sorgen, Josefi?, fragte ich und bekam keine Antwort. Katharina legte den Arm um Josefas Schultern, während wir flussabwärts die Donau entlanggingen. Große Schwester, ich ernenne dich als nunmehr Volljährige zur Josefa, sagte Katharina. Ich werde nie mehr Josefi zu dir sagen. Sie legte eine Hand auf Josefas Kopf, als würde sie ihr den Segen geben. Ich erwartete Josefas schallendes Lachen, das diesmal ausblieb. Mit zusammengekniffenen Augen sah sie den Weg entlang. Auf der Stirn hatte sich eine Furche gebildet, wie bei Mutter, wenn sie schwermütigen Gedanken nachhing. Josefa presste die Lippen zusammen. Vielleicht hatte sie sich das Schweigen auferlegt. Habe ich sie gekränkt?, fragte ich mich. War ich Ursache eines Übels, das ich nicht kannte?

Katharina erzählte von ihrem Arbeitgeber, der die Lehrmädchen einzeln ins Lager lockte, um sie zu begrapschen. Das alte Schwein, sagte Katharina, sieht aus wie Onkel Herbert. Die Augen treten ihm aus den Höhlen, wenn er mit den Händen nach einem greift. Sein feistes Gesicht glänzt, als hätte er es mit Butter beschmiert. Gestern hab ich gesagt, ich würde nicht mit ins Lager gehen. Dann hat er herumgeschrien, dass auch die Mädchen vom Land nichts mehr taugen. Vielleicht kündigt er mich. Wär eh wurscht, sagte sie.

Wenigstens sollst du die Lehre fertig machen, sagte Josefa. Mach es nicht wie Anni.

Wie Anna, meinst du, verbesserte ich.

Ich wollte den Schwestern von meinen Plänen erzählen. Von der Schauspielausbildung in der Schweiz. Leonardo vom Schauspielhaus Zürich hatte ein Seminar gegeben, und er meinte, ich hätte eine Gabe für tragische Figuren und ich wäre das wahre Gretchen aus Goethes »Faust«. Ich fühlte mich geehrt, obwohl ich »Faust« nicht kannte. Er ließ mich in Rollen schlüpfen, die mir fremd waren. Die mutige, unabhängige Geier-Wally wurde nicht nur auf der Bühne mein Vorbild. Nur in Stücken von Gerhard Polt tat ich mir schwer, eine einfältige Hausfrau zu spielen.

Ich wollte bei ihm, und nur bei ihm, eine Schauspielausbildung machen. In wenigen Monaten war ich neunzehn und würde selbst entscheiden können, wo ich leben wollte. Um mir die Ausbildung leisten zu können, würde ich wieder als Kellnerin arbeiten. Etwas hielt mich zurück, davon zu erzählen. Josefa wollte uns doch etwas sagen.

Jetzt rede du, sagte ich und nahm sie an der

Hand. Kaum brachte sie ein Wort über die Lippen, erstickte ihre Stimme in haltlosem Schluchzen.

Du bist schwanger, sagte Katharina unverblümt, und Josefa nickte.

Wir ließen uns auf eine Bank nieder, Josefa in der Mitte. Unsere Schwester würde ein Kind bekommen. Es war nicht so wie bei Martha, die verheiratet war, als sie ihr erstes Kind bekam. Ein lediges Kind würde man daheim nicht willkommen heißen. Josefa wäre für die Eltern das gefallene Mädchen.

Wenigstens sind Bernadette solche Sorgen erspart geblieben, sagte sie. Was denn, sagte ich und drückte ihre Hand noch fester. Ich hatte schon lange nicht mehr an Bernadette gedacht. Hatte Josefa den Gedanken gehabt, sich das Leben zu nehmen?

Ihr mögt euch doch, Ludwig und du?, fragte ich.

Josefa nickte.

Jetzt werd ich schon wieder Tante, sagte Katharina und schlenkerte mit den Beinen. Könnt ihr nicht warten, bis ich auch erwachsen bin? Josefa schob den Ellenbogen in Katharinas Seite.

Es war vielleicht vor sechs Monaten gewesen, als wir daheim bei den Eltern wieder einmal zu dritt in unserem alten Zimmer geschlafen hatten. Im Schutz der Dunkelheit erzählten wir uns Dinge, über die wir sonst wenig sprachen.

Bist du noch Jungfrau?, hatte Katharina Josefa gefragt. Zuerst war es sehr still gewesen im Zimmer, wo nun nachts keine Mäuse mehr spielten. Vater hatte Gift gestreut, und für ein paar Wochen war das Zimmer wegen des Verwesungsgeruchs unbewohnbar gewesen.

Nein, bin ich nicht , sagte Josefa.

Hast du vor Ludwig schon Sex gehabt?, fragte Katharina.

Einmal schon. Aber das war nichts, sagte Josefa.

Mit Ludwig ist es was?, fragte Katharina.

Sicher, sagte Josefa und das Unbehagen war aus ihrer Stimme gewichen.

Nun wagte auch ich zu fragen, was mich brennend interessierte.

Wie tut's ihr, damit du nicht schwanger wirst?

Aufpassen, sagte sie. Und Kondome nehmen.

Ich wusste nicht, wie aufpassen ging, und ich wagte nicht weiterzufragen.

Wie macht ihr Sex?, fragte Katharina, und ich hörte Josefa seufzen.

Wie man halt Sex macht, sagte sie. Ich konnte im Dunkel sehen, wie sie an die Decke starrte. Vielleicht erinnernd, wie sie es mit Ludwig getrieben hatte.

Ist es so, dass du unten liegst und er oben?, hörte Katharina nicht auf zu fragen.

Nein, gab Josefa Auskunft. Das wär fad. Und jetzt sag ich nichts mehr.

Nimmst du seinen Schwanz in den Mund?, fragte Katharina, und nun hoffte ich, sie würde endlich aufhören, solche Fragen zu stellen. Weil ich das weder wissen noch mir vorstellen wollte.

Josefa drehte sich zur Seite und ließ die letzte Frage ohne Antwort.

Nun war Josefa schwanger. Trotz aufpassen und Kondomen.

Dabei hab ich davon geträumt, dass ich einen Arzt heiraten würde, sagte Josefa und putzte sich umständlich die Nase.

Was nicht ist, kann noch werden, sagte Katharina, und nun lachte sogar Josefa.

Ludwig wird für Josefa Möbel bauen und das Haus damit vollstellen, sagte ich.

Jetzt wird alles anders, sagte Josefa.

Ach geh, sagte ich und dachte daran, was sich in den letzten Jahren schon verändert hatte. Josefa verbrachte ihre freien Tage mit Ludwig und ihren gemeinsamen Freunden von der Landjugend. Katharina hatte ihre Clique, mit der sie an den Wochenenden tanzen ging und Partys besuchte. Ich teilte mit einer Freundin eine Wohnung in Linz, mit der ich mich der Arbeiterjugend angeschlossen hatte. Außerdem spielte ich in einer Laiengruppe modernes Theater und lernte Ausdruckstanz. Ich war verliebt in Klaus und nahm jede Gelegenheit wahr, seine Aufmerksamkeit zu gewinnen. Längst wollte ich nicht mehr an allen Wochenenden nach Hause fahren. Aber die Eltern erwarteten, dass wir an den freien Tagen daheim mithalfen.

Ich werde mein Diplom nicht machen können, sagte Josefa.

Das kannst du nachholen, sagte Katharina.

Ihr werdet doch in meiner Nähe bleiben?, sagte Josefa und drückte fest meine Hand.

Wir sind ja da, sagte ich und dachte an meine Pläne.

Zu Allerheiligen werden ich es den Eltern beichten, sagte sie.

Beichten?, fragte Katharina. Das Kind brauchst du nicht beichten.

Für sie bin ich eine Schlampe, sagte Josefa.

Auch ich bin nicht so, wie sie mich haben wollten, sagte ich. Ich bin nicht ins Kloster gegangen, habe schlechte Noten im Zeugnis gehabt, die Kellnerlehre habe ich abgebrochen und ich werde den Hof nicht übernehmen. Als ich neulich den Papst kritisierte, haben sie gemeint, ich sei unter die falschen Leute gekommen. Ich sei eine andere geworden, haben sie gesagt, und sie redeten davon, mich bei Tante Frieda unterzubringen.

Ich erinnerte mich, wie sie auf mich eingeredet hatten. Mit dem Pfarrer sollte ich reden, zur Beichte hatten sie mich schicken wollen. Und ich hatte meinen Triumph gefeiert. Weil ich in ihren Augen eine andere geworden war. Mein Horizont hatte sich erweitert, während die Eltern, wie seit eh und je, an ihren alten Werten festhielten. Fast hatte ich sie bedauert, weil das Leben außerhalb ihrer Normen zur Bedrohung wurde und sie mich in den Abgrund wandern zu sehen glaubten.

Selber sind sie schuld, wenn sie so altmodisch sind und nicht mit der Zeit gehen, sagte Katharina. Mir ist es wurscht, was sie denken.

Kannst leicht daherreden, weil du nicht in meiner Haut steckst, sagte Josefa. Ihr müsst da sein, wenn Ludwig und ich es den Eltern sagen. Ihr müsst mit uns am Tisch sitzen, und Mama und Papa gut zureden, wenn sie sich aufregen.

Wenn du das möchtest, sagte ich, dann tun wir das.

Sicher, sagte Katharina und legte eine Hand auf Josefas Bauch.

Wann kommt es denn?, fragte sie.

Im April, sagte Josefa.

So spät, klagte Katharina. Auch ich legte eine Hand auf Josefas Bauch, und ich spürte die Wölbung unter der Jacke.

Werdet ihr da sein, wenn das Kind kommt?, fragte Josefa, und das Flehen in ihrer Stimme ließ mir keine Wahl.

Ich bin da, Josefi, versprach ich.

Wenn ihr da seid, dann werde ich mit dem Kind eine Freude haben, sagte Josefa und legte ihre Arme um unsere Schultern.

Meine Träume versanken in die Tiefen der Donau. Sie waren nicht mehr wie Seifenblasen, die zerplatzten. Sie trotzten Widerständen, doch waren sie auch dem Strom gewachsen? Würden sie nicht weggespült wie Sand und Schotter? Ich band sie fest, mit einem Drahtseil, und dieses wand ich um meine Mitte. Entweder ich ging mit den Träumen unter, oder ich würde sie retten. Viel Wasser würde noch die Donau hinunterfließen, bis ich als Schauspielerin auf einer großen Bühne stehen könnte. Solange würde ich im Theater Mädchen für alles sein. Ich würde Zuschauerbänke putzen, die Bühne säubern, beim Auf- und Abbauen helfen. Ich würde weiter erdulden, dass die Künstler mich nicht beachteten, kein Interesse an dem Mädchen hatten, das eine von ihnen sein wollte. Das abends vor dem Spiegel stand und in Rollen schlüpfte, in denen es die Schauspieler auf der Bühne verfolgte. Josefa sollte nicht sehen, wie sich meine Augen mit Tränen füllten und so drehte ich den Kopf zur Seite.

Sicher sollst du dich auf das Kind freuen, sagte ich.

ERBSTÜCKE

Mutters Begräbnis war erst gestern gewesen. Ich blieb, um Josefa beim Aufräumen zu helfen. Dass Katharina es wieder eilig gehabt habe, sagte Josefa, als wir das Schlafzimmer der Eltern aufsuchten. Als Lehrerin wird sie sich doch ein paar Tage freinehmen können, wenn die Mutter stirbt. Meinst du, geht sie wirklich in die Politik?

Bestimmt macht sie das, sagte ich.

Schade, dass wir uns nicht mehr viel zu sagen haben, die Katharina und ich. Immer überleg ich zuerst, ob es eh nicht dumm ist, was ich zu sagen hab.

Katharina würde dich nicht für dumm halten.

Papa wird sich ein neues Bett kaufen, hat er gesagt. Er gönnt sich nun öfter etwas und redet nicht mehr vom Abhausen.

Josefa wechselte das Thema, als würde sie über das vorher Gesagte etwas darüberstülpen, es auslöschen wollen.

Abhausen, sagte ich, mit dem Wort bin ich geimpft. Es sitzt mir in den Knochen. Abhausen – in einer Abbruchbude hausen. Wenn mein Konto sich der Null nähert, sehe ich mich schon mit Sack und Pack auf der Straße stehen. Bei allem, was ich mir gönne, plagt mich ein schlechtes Gewissen.

Genau. Nur ja keine Ansprüche stellen, sagte Josefa, dann wird das Haus zu retten sein, denk ich immer. Heute kann ich Papas Sorgen verstehen. Ein altes Haus erhalten, Platz für eine große Familie schaffen, und die kleine Landwirtschaft wirft nichts ab. Dass Mutter und Vater letzten Sommer zum Moldaustausee gefahren sind, hätte ich vor ein paar Jahren nicht für möglich gehalten. Kein Wallfahrten, kein Kuraufenthalt, kein Verwandtenbesuch. Urlaub in einem Hotel haben sie gemacht.

Wo Vater wohl ist?

Vater ist mit Onkel Ferdi zu den Bienenstöcken.

Er wird nicht da sein wollen, wenn wir Mutters Sachen wegräumen. Onkel Ferdi hat Vater eingeladen, nach Leifers zu kommen. Dann kann er die neue Tafel fürs Grabkreuz mitnehmen. Norbert wird ihn fahren.

Komm doch mit, Josefa. Jetzt im Winter hast du Zeit. Die Kinder sind nicht mehr so klein, dass nicht Ludwig ein paar Tage für sie da sein könnte.

Mich haben sie nicht gefragt. Ein paar Tage ohne Vater werden auch mir guttun.

Im Schlafzimmer der Eltern hob sich der Fichtenschrank von den alten, dunklen Möbeln ab. Die Wintersonne malte einen Balken aus Licht und Staub in die Luft. Es roch nach Salben und Medikamenten. Über den Betten hing seit eh und je das Bild der Gottesmutter mit dem Jesukind, dem die Tauben zuflogen. Auf der Kommode hatte Mutter einen kleinen Altar aufgebaut. Eine Muttergottesstatue, Bilder von Heiligen und eine Flasche mit Lourdes-Wasser standen dort. Ich fragte mich, warum Menschen wie meine Eltern nicht mehr Licht und Freundlichkeit in ihre Räume brachten. Ich ließ kalte Luft ins Zimmer. Josefa öffnete Mutters Kleiderschrank. Der Geruch, der mir entgegenströmte, erinnerte an Mutters Körperduft und an ihre weiche, weiße Haut. Nachdem ich als kleines Mädchen einmal ohnmächtig geworden war, hatte mich Mutter auf ihren Schoß gesetzt. Ihr Geruch hatte mich ins Bewusstsein zurückgeholt. Daran glaubte ich mich zu erinnern. Immer, wenn ich krank war, ist Mutters Körperduft ganz nah gewesen. Gerne hätte ich mein Gesicht in die Wäschestöße gesteckt, es darin vergraben. Aber Josefa schob die Wäsche vom Regal und ließ sie in einem Sack verschwinden. Ich öffnete den Hängeschrank, und als ich Stück für Stück von den Bügeln nahm, entdeckte ich den blauen

Morgenmantel mit eingewebten rot-grünen Kreisen. Wie lange hatte Mutter ihn nicht mehr getragen? Um die Schultern war er sehr schmal geschnitten. War Mutter früher so zart gewesen? In diesem Mantel war sie morgens immer durch die Kammer gegangen und hatte im Stubenherd Feuer gemacht. Ich vergrub mein Gesicht in diesem Mantel. Wann hatte ich je diese Zärtlichkeit für Mutter empfunden? Oder war es die Sehnsucht nach einer Nähe zu ihr, wie sie nur als Kind möglich gewesen war? Mit dem Mantel in den Händen setzte ich mich auf Mutters Bett. Ich würde ihn gerne behalten, sagte ich. Josefa setzte sich neben mich. Wir hingen unseren Gedanken nach und weinten still vor uns hin. Irgendwo im Hof ging eine Tür. Stimmen drangen durch das Fenster. Josefa stand auf und schloss es. In dem Mantel ist Mutter eine andere Frau gewesen, sagte Josefa, und beinahe flüsterte sie. Eine, die von einem anderen Leben geträumt hat.

Warum meinst du das?, fragte ich und sah Josefa zu, wie sie im Zimmer auf und ab ging. Vom Schrank am Fenster vorbei, durch den Lichtbalken zur Kommode und wieder zurück.

Sie hat das Haus übernehmen müssen, weil sie die Älteste war, sagte sie. Weil der einzige Bruder wegen seiner Krankheit nicht Bauer werden konnte. Mutter hat mir davon erzählt, nachdem ich unter dem Dach, mitten unter dem uralten Flachs, eine Blechdose gefunden hab. Das ist vor zwei Jahren gewesen, als wir drüben umgebaut haben. Josefa zeigte zum Fenster hinaus auf die gegenüberliegende Hofseite, wo ein neuer Wirtschaftstrakt entstanden war.

Sie habe die Dose versteckt und nicht mehr gefunden, erzählte Josefa. Mich hat gewundert, dass Mutter sich mir anvertraut hat. Du weißt, wie wenig sie mit mir geredet hat. Das ledige Kind haben sie mir ja lange nicht verziehen. Dass sie mir den Hof gegeben haben, war die Strafe dafür. Obwohl ich alles getan habe, es ihnen recht zu machen.

Aber geh. Norbert oder du, hat es geheißen, hielt ich dagegen.

Norbert ist froh gewesen, dass ich ihn nehmen sollte, sagte Josefa und richtete den Blick zum Fenster hinaus. Manchmal denke ich noch immer, ich hätte weggehen sollen. Mit Ludwig ein Haus bauen und die Ausbildung als Hebamme machen.

Hebamme? Du bräuchtest doch nur die Ausbildung als Krankenschwester fertig machen.

Ich möchte eine Hebamme sein. Jetzt habe ich den Hof. Während ihr alle geworden seid, was ihr wolltet.

Du hast vier wunderbare Kinder. Mit Ludwig hast du den Hof auf Vordermann gebracht. Wenn du Hebamme werden möchtest, dann solltest du das bald machen.

Frau Psychologin hat schon wieder eine Lösung.

Wenn du wirklich willst, dann findet sich eine Lösung.

Ludwig hätte kein Verständnis für meine Träumereien. Das Haus voller Kinder, einen Stall voller Tiere und die Bäuerin nicht daheim. Später vielleicht, wenn die Kinder mich nicht mehr brauchen. Vielleicht ist das meine Bestimmung.

Später wird Vater alt sein und dich brauchen, dachte ich.

Was hat dir Mutter erzählt?, fragte ich. Josefa sah auf ihre gefalteten Hände, drehte die Daumen. Die zartgliedrigen, langen Finger glichen nicht denen einer Bäuerin. Nur die Fingernägel waren stumpf und die Haut beim Nagelbett war rissig. Eher Hebammenhände, die den Muttermund abtasteten, den Kopf des Kindes greifen und das Neugeborene auffangen, wenn es den Geburtskanal verlässt. Sie wäre eine gute Hebamme geworden. Ich geh etwas holen, sagte Josefa und verschwand durch die Tür.

Auf Mutters Nachtkästchen stand ein Fotokalender. Im August letzten Jahres war er das letzte Mal umgeblättert worden. Ein Foto mit Josefas Kindern klebte darauf. Sie standen auf einer großen Schaukel und lachten um die Wette. Bettina musste zwölf gewesen sein. Selbst wenn sie lachte, blieb in ihren Augen eine leise Melancholie. Aus Michaels Augen lugte der Schalk, und seine Stoppelfrisur unterstrich sein Lausbubengesicht. Zwischen den zwei großen Geschwistern standen, Grimassen schneidend, die Zwillinge. Sie waren damals noch keine Schüler gewesen. Im Hintergrund waren ein See und Berge zu sehen. Grüße vom Attersee, hatte eines der Kinder unter das Bild geschrieben. Letzten Sommer hatte Mutter den ersten Schlaganfall gehabt. Einen Monat später einen weiteren. Seither war sie sprachlich sehr eingeschränkt gewesen. Und kurz vor ihrem sechsundsechzigsten Geburtstag war sie nach dem Mittagsschlaf nicht mehr aufgewacht. Sie hatte in den letzten Jahren an Gewicht zugelegt. Nachdem sie sich von der Landwirtschaft zurückgezogen hatte, verlegte sie sich aufs Kochen. Wer immer auch zu Besuch kam, hatte eine warme Mahlzeit zu erwarten. Sie experimentierte gern, und weil sie sich zu viel vorgenommen hatte, musste schließlich Vater in der Küche helfen.

Ich legte mich auf Mutters Bett und dachte an das Begräbnis am Vortag. An die Verwandten, die ich lange nicht gesehen gehabt hatte. Wie weit sie von mir weg gewesen und nun wieder näher gerückt waren. Andreas hatte die Messe gelesen. Die Magd war dagewesen, die vor zehn Jahren den Hof verlassen hatte. Bei der Zehrung war sie neben mir gesessen. Wenn sie mit mir redete, drückte sie meinen Arm. Als befürchtete sie, ich könnte mich von ihr abwenden. Der Mann, mit dem sie zusammengelebt hatte, war nun im Pflegeheim. Sie hatte sich eine neue Bleibe suchen müssen, weil seine Erben das Haus übernommen hatten. Ob der Mann ihr zugehört hatte? Ob er sie in den Arm genommen, sie gestreichelt hatte? Hatte er sie auf den Mund geküsst? Oder sonst wohin? Hatte die Magd je ein Kind haben wollen? Unwillkürlich legte ich meine Hände auf den Bauch. Seit zehn Tagen wartete ich. Mir war manchmal übel, der Kaffee schmeckte nicht und die Brust spannte. Zuerst dachte ich, das hätte mit Mutters Tod zu tun. Inzwischen war ich sicher, schwanger zu sein. Die Beziehung zu Armin beschränkte sich auf die Theaterseminare in Zürich und auf gemeinsame Urlaube. Wir hatten uns bisher wenig damit beschäftigt, wie wir unsere gemeinsame Zukunft gestalten wollten. Meine Arbeit in der Frauenberatung gefiel mir. Als zweites Standbein wollte ich mir einen Platz als Schauspielerin sichern. Ich hatte mich auf ein Leben ohne Kinder eingestellt. Nun würde manches anders werden. Wenn ich mir schlaflose Nächte vorstellte, begann es in mir zu rebellieren. Ich muss das Kind nicht haben, sagte ich mir. Nun sah ich Mutter in diesem Zimmer, das früher die Stube gewesen war, im blauen Morgenmantel gehen. Ein Kind im Arm. Sechsmal hatte Mutter ein Kind nachts herumgetragen, weil es Zähne bekam oder Keuchhusten hatte. Und ich war nicht bereit, es nur ein einziges Mal zu ertragen. Nun sah ich mich selbst im blauen Morgenmantel mit einem Kind im Arm. Sein Kopf lag auf meiner Schulter.

Josefa kam zurück. Sie nahm wieder auf dem Bett Platz. Als ich mich aufgerichtet hatte, sah ich auf das alte Foto, das sie mir entgegenhielt. Darauf waren junge Leute zu sehen, Männer in Uniformen. Ich erkannte Mutter, die den Blick lachend in die Kamera richtete. Noch nie hatte ich Mutter auf einem Foto so lachen gesehen. Josefas Finger zeigte auf einen Mann in Uniform neben ihr. Sein Blick galt der lachenden Frau, um deren Mitte er seinen Arm gelegt hatte. Das ist Mischa, sagte Josefa. Mischa ist russischer Besatzungssoldat gewesen. Er konnte schon ganz gut Deutsch, hat Mutter erzählt. Den Großeltern hat er sogar einmal einen Besuch abgestattet. Dann hätten sie zum Heiraten gedrängt. Aber nicht Mischa sollte sie heiraten, sondern den Brandstätter Lois. Auf dem Hof brauchte man dringend einen Bauern, keinen Russen, der nichts von der Landwirtschaft verstand. Ein Ingenieur, ein Studierter sei er gewesen, hat Mutter gesagt. Erinnerst du dich, wie Mutter nichts mehr mit den Groß-Fellnern zu tun haben wollte? Wir waren noch klein, als die Firmgodn von Mutter gestorben ist, die jüngere Schwester vom Groß-Fellner. Beim Begräbnis ist ein Bursch aufgetaucht, der behauptet hat, er sei der Ziehsohn der Verstorbenen. Das alles hat mir Mutter erzählt, als ich ihr das Foto gezeigt hab, das in der Dose gewesen ist. Dass sie in dem jungen Mann Mischa gesehen hätte, hat sie gesagt. Sie sind also ein Paar geworden, die Firmgodn und Mischa. Nachdem Mutter geheiratet hat. Und sie hat ein Kind bekommen von ihm. Mischa dürfte nach Russland zurückgekehrt sein. Die Firmgodn ist ins Salzkammergut gezogen und hat dort als Pfarrersköchin gearbeitet. So hat sie ihrem Firmling das Kind verheimlicht. Mutter hat gemeint, alle hätten davon gewusst, nur sie nicht.

Ob Mutter an Mischa gedacht hatte, als sie mit

Vater vor dem Altar gestanden war und Ja gesagt hatte? Ich erinnerte mich an Mutters ernsten Blick auf dem Hochzeitsbild. Da war kein Lächeln, keine Freude. Wenn sie Sex hatten, hatte sie sich vorgestellt, Mischa würde auf ihr liegen? Und als die Kinder kamen, sie uns in diesem blauen Morgenmantel nachts in Armen hielt, hatte sie da von einem anderen Leben geträumt? Wie lange mochte dieser Mann in Mutters Gedanken gewesen sein?

Der Gedanke, dass Mutter verliebt gewesen war, vielleicht den Soldaten aus Leidenschaft geküsst hatte, gefiel mir. Weil ich bisher geglaubt hatte, Mutter hätte nie Gelegenheit gehabt, zärtliche Gefühle für einen Mann zu empfinden. Vater hatte öfter gescherzt mit ihr, ihr den Arm um die Schultern gelegt. Erst in den letzten Jahren hatte Mutter diese Gesten erwidert.

Mutter hat gesagt, sie sei jung und dumm gewesen, erzählte Josefa. Und wenn es nach ihr gegangen wäre, würde es uns Kinder nicht geben.

Ihre Stimme zitterte. Ich strich über Josefas Rücken und suchte nach Worten, die über meine eigene Betroffenheit hinweghelfen würden.

Mutter hätte nie zugegeben, dass sie Sex als schön hätte empfinden können, sagte ich. Erinnere dich, wie sehr sie sich um uns gesorgt hat. Wie schwer ihr der Abschied gefallen ist, als du nach Linz in die Krankenschwesternschule gegangen bist. Wegen deinem unehelichen Kind hat sie sich selbst die Schuld gegeben. Sie hat geglaubt, in der Erziehung versagt zu haben. Ihre Werte sind verletzt worden, das hat sie dir gegenüber sprachlos gemacht. Ihr Gesicht ist so friedlich gewesen, mit dem sie eingeschlafen und nicht mehr aufgewacht ist. Das solltest du in Erinnerung behalten, Josefa.

Josefa drückte ihre Hände in den Stoff des Morgenmantels. Mischa hat ihn ihr geschenkt, sagte sie. Nimm ihn dir.

Schweigend räumten wir weiter die Kästen aus. Dabei rückte ich mein Bild von Mutter zurecht. Als Mischa Mutter das Geschenk übergab, wo mochten sie sich getroffen haben? Vielleicht im nahen Wald bei der kleinen Felsenhöhle, die ich aus meiner Kindheit kannte. Dort waren sie unbeobachtet. Womöglich waren sie auf dem Waldboden gelegen und hatten ihre Körper aneinandergerieben. Hatte Mischa Mutter ausgezogen? Hatte sie sich die Brüste streicheln, die Scham berühren lassen? Hatte er sie entjungfert? Ich glaubte nicht, dass Mutter Mischa so nahe an sich herangelassen hatte. Aber vorstellen wollte ich es mir, wie sie es miteinander getrieben hatten. Wie Mutter vor Erregung gebebt und das Verlangen in den Wald hinausgeschrien hatte.

Mit Schachteln und Säcken verließen wir das Schlafzimmer, das nunmehr Vaters Zimmer war.

*

Gut ist er, sagte Vater und schlürfte Johanniskrauttee aus der Tasse.

Er beruhigt, sagte ich. Damit du wieder schlafen kannst.

Hast du dir ein paar Erbstücke eingepackt?, fragte Vater.

Den blauen Morgenmantel nehme ich mir, wenn es dir recht ist, sagte ich.

Der ist alt, meinte er. Er schien nachzudenken.

Die Perlenkette, die sie von mir bekommen hat. Die nimm dir.

Nein, Vater, sagte ich. Nicht dass jemand glaubt, ich würde mit den schönen Sachen abfahren.

Wer soll das glauben?, wunderte er sich.

Eine Weile saßen wir schweigend am Küchentisch und nippten am heißen Tee.

Kathi soll nicht so streitsüchtig sein, sagte er plötzlich. Immer will sie ihren Willen durchsetzen.

Sie kämpft für Gerechtigkeit, Papa.

Aber sie muss nicht immer nur dagegen sein. Sie könnt ja auch einmal zuhören.

Hört dir Katharina nicht zu?

Sie redet immer dagegen. Sie soll zufrieden sein mit dem, was ist. Sie weiß gar nicht wie das ist, wenn man die Not hat.

Sie will, dass es allen gut geht, nicht nur ein paar wenigen. Und sie setzt sich dafür ein, dass die Welt nicht im Müll versinkt. Dafür muss man kämpfen und laut sein.

Ja, das mag schon sein. Aber mögen tun sie einen nicht, wenn man laut ist.

Es war sehr ruhig in Vaters Räumen. Draußen dämmerte es. Ich machte Licht und Vater meinte, das sei noch nicht nötig. Wie würde er nun sein Leben gestalten? Ob er sich wieder eine Frau nehmen würde? Vater musterte mich.

Hast du keinen Ausschlag mehr, Anni?

Schon seit Jahren nicht mehr.

Wie denn das?

Auf einmal war er weg. Ich weiß nicht, was geholfen hat.

Vielleicht, weil ich immer für dich gebetet hab, meinte Vater. Für alle bete ich. Jeden Tag. Vater sah mich mit trüben Augen an. Ich hätte ihn gerne zum Lachen gebracht.

Nie weiß ich, was ich sagen soll, wenn die Leute fragen, was du machst, sagte er in die Stille hinein.

Ich berate Frauen, die in Schwierigkeiten sind.

Hast du nicht selber Schwierigkeiten?

Warum denkst du das, Papa?

Du heiratest nicht. Mit Richard hast auch nur zusammengelebt, und jetzt bist wieder allein und hast keine Kinder. Das hätten wir nicht wollen, dass ihr allein seid, Kathi und du.

Es ist nicht deine Schuld Papa, und auch nicht die von Mama. Denkst du, Ehe und Kinder wären das Einzige, was glücklich macht?

Na ja. Allein ist man halt nicht.

Ich bin nicht allein, Papa. Heute leben Menschen anders als früher.

Heut sind die Menschen furchtlos gegenüber Gott. Das ist nicht gut.

Hättest du dir ein anderes Leben vorstellen können, Papa?

Ich hab's genommen wie es war. Und es war nicht so schlecht. Wir kennen Gottes Pläne nicht. Nur er weiß, warum er Hedi zu sich geholt hat. Werde auch damit zurechtkommen müssen.

Was könnt dir helfen, Papa?

Ich werde unter die Leute gehen. Eisstockschießen und Karten spielen. Ferdl hat mich nach Leifers eingeladen. Norbert wird mich fahren.

Magst du mich auch besuchen kommen?

Was mach ich den ganzen Tag in Linz?

In den Botanischen Garten könnten wir gehen, oder in den Tierpark. Dann eine Messe in der Pöstlingbergkirche besuchen.

Ja, das wär was, sagte Vater und trank. Er stand auf und trug das leere Häferl zur Abwasch. Früher war es Mutters Aufgabe gewesen, den Tisch abzuräumen. Die Hose hing sehr lose an Vaters Hinterteil und an seinen Beinen. Im letzten halben Jahr hatte er viel an Gewicht verloren. Vater stellte das Häferl ab und drehte sich zu mir um.

Du musst schon zugeben, Anni, dass ich lauter schöne Kinder gemacht hab, sagte er.

Lauter schöne, kluge und gute Menschen habt ihr aus uns gemacht, antwortete ich. Seit Jahren spielten wir dieses Spiel. Vater schmunzelte. Er griff mit seinen Händen an den Hosenbund und zog die Hose hoch.

Josefa, dass du anrufst!

Hallo Anna. Dachte schon, du hast meine Nummer nicht mehr gespeichert.

Wir haben lange nichts voneinander gehört. Ist bei dir auch so viel los? Wie geht's dir? Und Papa?

Wegen Papa ruf ich an. Möchte mit dir reden. Am Montag bin ich beim Optiker in Linz, ich bekomme eine Brille. Können wir uns treffen?

Ich bring um acht die Buben zum Bahnhof. Sie fahren zu Katharina nach Wien. Dann hätte ich eine knappe Stunde Zeit. Ist was mit Papa?

Na ja, er macht mir Sorgen. Acht Uhr passt gut für mich. Schade, dass du nicht mehr Zeit hast. Wo wir uns eh so wenig sehen.

Ja, tut mir auch leid, Josefa. Ich habe um zehn Uhr einen Termin in der Justizanstalt, und um halb zwei beginnt das Tenniscamp.

Dass du noch immer Tennis spielst.

Wieder. Armin ist schuld, dass ich wieder angefangen hab.

Ich höre Josefa seufzen. Oder glaube ich nur, sie seufzen zu hören. Unwillkürlich halte ich den Hörer weg vom Ohr. Gerade so weit, dass ich meine Schwester noch hören kann.

Ich freu mich, wenn wir uns sehen, Josefa. Muss ich mir Sorgen um Papa machen?

Es gibt viel zu erzählen. Wir sehen uns ja fast nie.

Stimmt doch nicht. Zuletzt war ich zu Ostern bei Papa.

Da war ich mit Ludwig bei seiner Familie. Die trifft sich ja regelmäßig.

Ich sehe von der Terrasse auf den Schwimmteich. Gebannt beobachte ich die ruhige Wasseroberfläche. Wo würde Armin auftauchen? Wird er auftauchen? Das Wasser kräuselt sich an einer Stelle, und Armins Kopf taucht aus dem Wasser. Erleichtert atme ich auf. Als hätte es anders sein können. Er holt Luft und taucht wieder unter. Die Wasseroberfläche schließt sich über ihm.

Hast du etwas gesagt, Josefa?

Zu Weihnachten haben wir uns zum letzten Mal gesehen.

Wir haben ja am Montag Zeit zum Reden.

Ja, eine knappe Stunde.

Du hättest dich früher melden sollen, Josefa.

Schon gut, Anna. Ich freu mich auf dich.

Ich mich auch, Josefa.

*

Katharina, hallo. Dachte schon, du rufst nicht mehr zurück und die Buben bleiben daheim.

Schwesterherz, du denkst zu viel. War wieder einmal in endlos langen Sitzungen. Wegen der personellen Umschichtungen in der Partei. Vielleicht hast du ja davon gehört.

Bleibt eh alles wie ausgemacht?

Sicher. Um neun Uhr fünfundvierzig bin ich in Hütteldorf. Ich koch den jungen Männern zu Mittag was Gutes zum Essen, und am Nachmittag dürfen sie die Stadt unsicher machen.

Alleine?

Kajetan kennt sich aus in Wien. Die haben ja eh schon ein volles Programm. Haben sie dir das nicht erzählt?

Ich stelle mir vor, wie Kajetan und Oskar am Karlsplatz herumirren und die richtige U-Bahn suchen. Oskar jammernd und den Tränen nahe hinter Kajetan herrennend. Und Kajetan unwirsch, weil er den ängstlichen Bruder jetzt nicht brauchen kann.

Ich will nur nicht, dass sie ihr ganzes Taschengeld verprassen.

Sie sind bis Freitag meine Gäste.

Wenn du zu wenig Zeit hast, Katharina, dann hättest du's mir sagen sollen.

Ich hab Zeit, aber ein paar Sachen lassen sich nicht aufschieben. Gernot ist ja da. Er wird mit den beiden in den Prater gehen. Der ist sowieso nichts für mich. Ich hab Karten für den Dschungel, ein Tanztheater für Jugendliche. Das dürfte ihnen gefallen, was meinst du?

Ich weiß nicht, ob ihnen Theater gefällt. Aber bei dir sagen sie zumindest nicht Nein, und am Ende gefällt es ihnen doch.

Weißt du, Anna, ich glaube wirklich, die beiden können sich etwas Schöneres vorstellen, als die ganzen fünf Tage mit der Tante herumzulaufen.

Ich hatte angenommen, Katharina würde sich freinehmen, wenn die Buben bei ihr waren. Gernot war bisher nicht sehr präsent gewesen. Keine Ahnung, ob die Buben ihn mochten.

Lebt ihr nun zusammen, Gernot und du?

Mittlerweile. An den freien Tagen sind wir in seinem Haus im Waldviertel. Gernot hat einen großen Gemüsegarten angelegt. Zehnmal am Tag schau ich, ob nicht wieder etwas reif geworden ist. Nachts kommen manchmal Füchse aus dem Wald. Kein einziges Auto hört man dort, und morgens wecken mich die gackernden Hühner vom Dorf.

Wie damals daheim am Hof. Ihr müsst uns einmal besuchen kommen. Ich weiß nicht, ob das jetzt der richtige Zeitpunkt ist, dir zu sagen, dass wir heiraten werden.

Tatsächlich? Damit ist wohl endgültig Schluss mit dem überzeugten Singledasein.

Mit Gernot könnte ich mir vorstellen, alt zu werden.

Große Hochzeit, kleine Hochzeit?

Sehr klein.

Nichts für einen großen Familienclan.

Es ist nun mal so, dass mir andere Leute viel näher sind als die Verwandtschaft. Nur mit dir fühl ich mich verbunden. So hat sich das eben entwickelt.

Jetzt fragt mich eh schon niemand mehr, was mit dir ist. Weil ich immer gesagt hab, Katharina hat ein Handy, ihr könnt sie ja anrufen. Darf ich dir sagen, Katharina, dass du fehlst bei Familientreffen? Mir fehlst du.

Meine Stimme ist mit jedem Wort dünner geworden. Ich schlucke, versuche, die Kontrolle über meine Gefühle zu behalten.

Einmal im Jahr Familientreffen ist genug. Immer glauben sie alle, sie müssten mit mir über Politik reden. Ich habe überhaupt keinen Bock drauf, eingefleischten Konservativen die Politik der Linken zu erklären.

Du verallgemeinerst zu sehr. Es liegt außerdem an dir, worauf du dich einlässt.

Immer wenn wir über unsere Familie reden, streiten wir. Vielleicht sollten wir das Thema vermeiden.

Du suchst immer Gründe, fernbleiben zu können. Papa ist alt. Würdest du dir Vorwürfe machen, wenn du nicht rechtzeitig Abschied nehmen könntest?

Lass das meine Sorge sein, Anna.

Habe ich mir nicht schon tausendmal vorgenommen, Katharina mit Familiengeschichten in Ruhe zu lassen? Sie ist eine sechsundvierzigjährige Frau, die sich keinen Zwängen unterwirft und erst gar nicht danach fragt, wie ihr Umfeld damit zurechtkommen wird. Katharina hat nie verstanden, warum ihr die Welt nicht mit Dankbarkeit für ihre Geradlinigkeit begegnet. Oft ist sie enttäuscht, weil niemand sonst den Kampf um eine gerechte Sache so unerbittlich führt wie sie.

Vielleicht bin ich nur ein wenig neidisch auf meine kleine Schwester. Ich bewundere dich um deine konsequente Haltung. Ganz gleich, welchen Preis du dafür zahlst.

Weißt du was, Anna. Sparen wir uns die Neidgeschichten. Darunter könnte unsere Beziehung leiden.

Aber ich würde mir wünschen, dass du Gefühle zeigst. Privat brauchst du nicht Politikerin sein.

Am anderen Ende der Leitung bleibt es ruhig. Habe ich nun endgültig zu viel gesagt? Ich versuche mich zu erinnern, was ich ihr eigentlich erzählen wollte. Dann fällt es mir wieder ein.

Josefa hat angerufen. Irgendetwas ist mit Vater, sage ich.

Wieder bleibt es ruhig.

Sie will sich morgen mit mir treffen.

Wenn's auch für mich wichtig ist, wird sie es mir sagen?

Die Unsicherheit in Katharinas Stimme ist neu.

Josefa wird wohl davon ausgehen, dass ich mit dir rede. Weil sie meint, du hebst sowieso nicht ab.

Ich stelle mir vor, wie sie an der Küchenzeile ihres Lofts lehnt, ihr linkes Bein hebt und mit den Zehen an der rechten Wade kratzt. Und wie sie die linke Daumenkuppe in den Mund steckt und mit den Zähnen bearbeitet. Als Kind hatte Katharina sich die Nägel wund gebissen.

Anna?

Ja, Katharina?

Ich will, dass du mir immer die Wahrheit sagst. So wie du es gerade getan hast.

Ja, sage ich und frage mich, ob nicht ausgerechnet der schonende Umgang miteinander, das Pflegen von Tabus, den geschwisterlichen Frieden aufrechterhält. Werden Katharina und ich uns jemals wieder so nahe kommen, wie wir es einmal waren? Selbst wenn wir das wollten? Ich erinnere mich an eine gemeinsame Reise. Die einzige, die ich mit Katharina zusammen gemacht habe. Mit Freunden waren wir in einem Sommer mit dem Interrail-Ticket unterwegs. Wir kamen nach Taizé, einem spiritueller Ort in Frankreich. Für ein paar Nächte schlugen wir dort unsere Zelte auf. Das spartanische Leben dort, spirituelle Gesänge und ausgelassene Stimmung am nächtlichen Lagerfeuer brachte unsere Gruppe in Aufbruchsstimmung. Alle wollten in ihrem Leben etwas ändern. Sich von der Stereoanlage trennen, Konflikte bereinigen, Beziehungen beenden, sich sozial engagieren. Katharina und ich wollten neue berufliche Wege gehen. Ich hatte viele Jobs gemacht, und das, was ich eigentlich wollte, schob ich vor mir her. Ich wollte die Psyche des Menschen studieren und eine Schauspielausbildung in Zürich machen. Kathi wollte als Floristin nicht weiter mit giftiger

Chemie in Berührung kommen. Und sie wollte die Arbeitsbedingungen ohne Wertschätzung ihrer Leistung nicht mehr ertragen. Sie wollte Biologie studieren und das Lehramt dazu. Es war an der Zeit, endlich das zu tun, wovon wir träumten. Ich sehe uns mit hennagefärbter Stoppelfrisur und Latzhosen Pläne schmiedend auf einer Steinmauer sitzen. Eidechsen lugten zwischen den Steinen hervor, Zeugen unserer Entschlüsse. Wir würden die Studienberechtigungsprüfung machen und dann studieren, sagten wir uns. Und wenn wir ins Zweifeln kommen sollten, dann würden wir uns gegenseitig an diesen Moment erinnern, in dem wir fest an unser Ziel glaubten. Aufgeben galt nicht. Wir müssten das leuchtende Ziel vor Augen behalten, dann würden wir es auch erreichen, sagten wir uns.

Ich wäre gerne zu Katharinas Hochzeit gekommen.

*

Ich kann die Kinder hinter dem sich spiegelnden Fensterglas nur schwach sehen. Kajetan hat schon Platz genommen, während Oskar die Stirn gegen das Glas drückt und mir zuwinkt. Obwohl ich mich darauf freue, ein paar Tage ohne Kinder zu sein, ist mir schwer ums Herz. Bald wird es zur Gewohnheit werden, dass sie ohne uns Eltern wegfahren. Das Handy in der Tasche kündigt eine SMS an. Der Zug schlängelt sich hinaus aus dem Bahnhof, ich laufe ein paar Schritte mit, winke, obwohl ich längst hinter den Scheiben niemanden mehr sehen kann. Dann krame ich in der Tasche nach dem Handy. Eine SMS von Kajetan. Nicht heulen Mum, die Quälgeister kommen wieder. Eh klar, schreibe ich zurück. Ihr wollt ja mit nach Griechenland und Tintenfische fangen. Ich wische meine Augen mit einem Taschentuch trocken und mache kehrt. Josefa kommt die Stiege zum Bahnsteig heraufgehetzt. Als sie mich sieht, bleibt sie auf den Stufen stehen.

Komm ich zu spät?, fragt sie. Josefa ist außer Atem, das Gesicht rot vor Anstrengung. In ihrer Stimme liegt tiefstes Bedauern. Ich hätte so gern deine Buben gesehen, sagt sie. Der Zug wartet nicht, sage ich und umarme sie. Sie hat wieder zugenommen. Ihr rundliches Gesicht hat noch immer etwas Mädchenhaftes, obwohl die Falten um ihre Augen und seitlich des Mundes zum Kinn hinunter tiefer werden. Gehen wir in das neue Café oben in der Galerie, schlage ich vor. Josefa mustert mich, während wir nebeneinander hergehen. Wie sportlich du noch immer aussiehst, sagt sie. Ich war ja nie sportlich, mein Übergewicht habe ich dem Wechsel zu verdanken. Wallungen im Sommer. Mach dich darauf gefasst.

Macht dir die Hormonumstellung zu schaffen?

Josefa beantwortet die Frage nicht. Sie blickt in die Menschenmenge in der Bahnhofshalle, während wir die Rolltreppe zur Galerie hochfahren.

Wir bestellen einen Cappuccino. Die kleine Sünde muss sein, sagt Josefa und zeigt ihr verschmitztes Lächeln, das ich seit unserer Kindheit kenne.

Du hast eh wenig Zeit zum Sündigen, sage ich.

Am Nachmittag brauche ich immer was Süßes. Nicht ein Stück Schokolade, eine ganze Tafel könnt ich essen. Wahrscheinlich kommt der nicht nur vom Wechsel, sagt sie und zeigt auf ihren Bauch.

Auf Twitter habe ich ein Bild von Barbara gesehen. Sie sieht wieder recht gesund aus. Es hat den Anschein, dass sie in Australien bleibt.

Es sieht ganz danach aus. Norbert sagt, sie habe die Magersucht endgültig überwunden.

Weißt du noch, wie wir meinten, Südtirol wäre am anderen Ende der Welt?

Ja, mein Gott! Als kämen unsere Verwandten von einem anderen Kontinent.

Und angegeben habe ich in der Schule, weil ich in Italien Verwandte habe. Als die Reiter Gitti gesagt hat, sie habe einen Onkel in Amerika, da war ich richtig sauer auf sie.

Barbara hat sich wohl von daheim entfernen müssen, um auf eigenen Beinen zu stehen.

Vielleicht muss sie sich selbst beweisen.

Ja, da hat Gerti nichts mehr mitzureden. Dafür darf sie sich weiter um Daniel sorgen. Er wechselt dauernd den Arbeitsplatz, ist dann wieder arbeitslos. Dabei hat er für zwei Kinder zu sorgen.

Man kann kein Selbstbewusstsein entwickeln, wenn dir dauernd gesagt wird, wie gefährlich das Leben ist.

Norbert meint, er sei unter die falschen Leute gekommen.

Er hat sich seine Freunde selbst ausgesucht. Mit dreißig – so alt ist er doch? – ist er längst für seine Entscheidungen und für sein Handeln verantwortlich. Jemanden aus der Verantwortung zu nehmen und zu große Fürsorge sind nicht die besten Voraussetzungen für ein gesundes Selbstbewusstsein.

Wieder einmal ertappe ich mich dabei, wie ich Urteile fälle. Im Glauben, Ursache und Wirkung zu kennen. Ich schäme mich, so überheblich über meine Verwandtschaft zu reden. Wenn ich es nur deshalb tue, um mit Josefa eine Gesprächsbasis zu finden. Als gäbe es in meiner Familie keine Probleme. Kajetan entwickelte Ticks, als er ins Gymnasium kam, die Gott sei Dank wieder verschwanden. Oskars Schüchternheit und Ängste haben jahrelang das Familienleben bestimmt. Um Urteilen der Verwandten zu entgehen, rede ich nicht darüber. Außer mit Katharina. Vielleicht weil sie weit genug weg ist. Oder weil sie keine Kinder hat und ausgeschlossenen ist aus dem Wettbewerb der besterziehenden Mütter.

Gerti weiß immer, was andere falsch machen, statt vor der eigenen Haustür zu kehren. Ist doch typisch für Leute, die glauben, man kann das Leben aus Büchern lernen.

Wen meinst du noch? Mich und Katharina?

Ihr habt auf alles eine Antwort, das mein ich.

Immer habe ich bei dir das Gefühl, ich muss mich rechtfertigen für das, was ich bin.

Und ich hab immer das Gefühl, dass du mir zeigen willst, dass du klüger bist.

Es gibt Dinge, über die du besser Bescheid weißt.

Genau. Über die Bauernarbeit. Und über Papas

Marotten, über den Dorftratsch. Und ja, kochen kann ich ganz gut. Was man halt jeden Tag so macht. Wenn ich werden hätte können, was ich wollte, dann wär ich auch ein wenig klüger.

Gretl hat genauso geredet.

Gretl?

Ja, die Magd. Sie wollte Handarbeitslehrerin werden.

Dir hat sie das gesagt? Mir hat sie das nie erzählt.

Wenn sie mir beim Handarbeiten half, hat sie mir von sich erzählt. Die beige Jacke mit dem Zopfmuster – erinnerst du dich? –, an der hat sie mehr gestrickt als ich.

Die Gretl hat unlängst den Papa besucht.

Tatsächlich? Kommt sie ihn öfter besuchen?

Seit Mutter gestorben ist, ist sie immer wieder einmal dagewesen. Sie hat jetzt eine Wohnung in Kirchberg. Damals hat es ihr gutgetan, dass sie bei Norbert hat wohnen können, als Franz ins Pflegeheim gekommen ist. Und sie Platz machen hat müssen für seine Verwandten, weil sie keinen Erbanspruch gehabt hat. Ich hab mich damals so gefreut mit ihr, dass es einen Mann gegeben hat. Auch wenn sich Mutter lustig gemacht hat darüber. Nachher hat sie mir leidgetan, weil sie eh nie was Eigenes gehabt hat und ihre Hoffnung, das Haus von Franz könnte einmal ihr gehören, sich nicht erfüllt hat. Nichts hat sie nachher bekommen.

Sie hat damit gerechnet, dass sie sein Haus erbt?

Papa sagt das. Das ist ja alles lange her. In Kirchberg ist sie in einer Handarbeitsrunde. Das hat sie früher nicht gehabt. Du könntest sie einmal besuchen.

Es hätte sich eine andere Lösung gefunden, Josefa, wenn du gesagt hättest, du willst den Hof nicht nehmen.

Ja genau. Du hättest ihn nehmen können. So wie Papa das wollte.

Was ein Seufzer hätte werden sollen, kommt als Knurren aus meinem Bauch, kratzt an den Stimmbändern und wird mit einer beträchtlichen Portion Zorn aus meinem Mund geschleudert.

Wolltest du mich treffen, um mir das zum tausendsten Mal zu sagen? Feiern wir ein Jubiläum? Dann sag ich dir was, was du nicht weißt, Josefa: Dir zuliebe bin ich damals nicht in die Schweiz, als du schwanger geworden bist.

Das ist nicht wahr, was du jetzt sagst.

Ich hatte schon einen Ausbildungsplatz und ein Zimmer. Du hast gesagt, du brauchst uns, Katharina und mich. Also bin ich geblieben.

Josefa tätschelt beschwichtigend meinen Arm. Wie immer, wenn die Spannung zu groß wird, wechselt sie das Thema.

Ich werde Papa heute zu einem Begräbnis fahren. Wer, glaubst du, ist gestorben?

Ich will nicht raten. Für eine kurze Weile ist es still zwischen uns.

Der Höllerer ist gestorben, mit sechsundneunzig.

Bestimmt bekommt er ein Ehrengrab.

Josefas durchdringendes Lachen erfüllt das Café, und sie erntet fragende Blicke. Laute Stimmen ist man hier nicht gewohnt. In ihrem offenen Mund kann ich zwei schwarze Zähne sehen. Ich frage mich, ob sie sich keine Zahnkronen leisten kann. Sage aber nichts, um nicht wieder belehrend zu sein.

Er bekommt tatsächlich ein Ehrengrab. Direkt an der Kirchenmauer. Was er im Krieg getrieben hat, wird keiner erfahren.

Oder die Leute wollen es nicht wissen, sage ich. Für Vergangenheitsbewältigung haben wir jetzt allerdings keine Zeit. Seit wann fährt Papa nicht mehr Auto?

Seit er Antidepressiva nimmt.

Papa nimmt Antidepressiva?

Über seinen Zustand wollte ich mit dir reden.

Wie ist sein Zustand?

Papa grübelt etwas viel. Bernadette ist ihm in den Sinn gekommen. Immer wieder flennt er.

Ich habe ihn nie über Bernadette reden hören. Papa flennt?

Ja, oft in letzter Zeit.

Was meinst du damit, Bernadette ist ihm in den Sinn gekommen? Vielleicht war sie immer in seinen Gedanken, aber er hat halt nicht darüber geredet.

Mutter hat ihm ja immer die Schuld gegeben an ihrem Tod. Weil er damals beim Heuen unbedingt noch das Futter hat aufhängen wollen vorm Gewitter, trotz der Hitze, und obwohl Mutter mehrmals gesagt hat, sie will heim mit Bernadette, Bernadette hält das nicht aus. So hat sie uns die Geschichte immer erzählt. Jetzt macht ihm niemand mehr Vorwürfe, aber er hat Zeit zum Nachdenken. Nun kommt alles raus, womit er nicht im Reinen ist. So erklär ich mir das.

Mir hat er nichts davon gesagt am Telefon.

Du hast ihn angerufen?

Ich rufe ihn öfter an. Warum sagt er mir nicht, was ihn bedrückt?

Weil er dich nicht belasten will. Dich wollte er nie belasten.

Fängst nun wieder damit an, Josefa.

So ist es ja immer gewesen. Und das wird so bleiben. Weißt du eigentlich, wieso du nie von ihm geschlagen worden bist?

Stimmt ja nicht. Ich erinnere mich sehr genau, wie er uns beide einmal geschlagen hat, weil wir von der Schule nicht heimgekommen sind.

Es ist aber so, dass Papa einen Unterschied macht. Heute noch.

In Josefas Stimme liegt Gekränktheit, und ich verstehe nicht, warum sie von dieser Meinung immer noch nicht abzubringen ist.

Wegen meiner Neurodermitis hab ich ihm oft leidgetan.

Er glaubt, du hättest den sechsten Sinn.

Den sechsten Sinn?

Als du noch klein warst, an einem Nikolausabend, hast du behauptet, Großmutter hätte mit dir geredet. Sie war im Sommer zuvor gestorben. Weißt du noch, wie du dir die Haare abgeschnitten hast vor meiner Erstkommunion? Da haben Mama und Papa ernstlich überlegt, ob wirklich was dran sein könnte, dass Jesus dir erschienen ist und das verlangt hat. Sie haben sogar dem Pfarrer davon erzählt.

Sie haben mit dem Pfarrer geredet?

Er hat gemeint, Gott würde größere Opfer wollen.

Zähne einschlagen zum Beispiel, sage ich, und wir erinnern uns an die rührseligen Geschichten des alten Pfarrers und müssen herzhaft lachen.

Martha hat uns einmal erzählt, dass du behauptet hättest, Bernadette würde mit dir reden.

Und ich erfahre erst jetzt, nach so vielen Jahren, was Vater, und sonst wer aus der Familie, von mir glaubt. Wolltest du deswegen mit mir reden? Willst du wissen, ob ich den sechsten Sinn habe?

Josefa schüttelt den Kopf und sieht mich an, als gäbe es an mir etwas zu sehen, was sie bisher nicht gesehen hat, oder nicht hat sehen wollen.

Sogar die Seele von Bernadette vermutet Vater in dir.

Bedauern liegt in ihrer Stimme, und ich verstehe nicht, was es zu bedauern gibt.

Och, ein alter Katholik glaubt an die Wiedergeburt, erwidere ich.

Josefa stellt die Tasse schwungvoll zurück auf die Untertasse, dass es klirrt. Sie nimmt mich am Arm und drückt ihn so fest, dass es wehtut.

Lach nicht, flüstert sie. Auch Tante Frieda hat an solche Sachen geglaubt. Früher jedenfalls.

Gerade habe ich noch gedacht, was Vater von

mir glaubt, würde mich nicht berühren, sei lächerlich. Aber nun finde ich den Gedanken, in mir würde die Seele meiner verstorbenen Schwester schlummern, doch eher unbehaglich.

Ich hoffe nicht, sage ich zu Josefa, dass ihr, die Eltern, ihr Geschwister und all die Verwandten in mir die tote Bernadette gesehen habt. Vielleicht noch immer seht. Mich über den Tisch beugend, versuche ich, Josefas Blick aufzufangen.

Ich würde mich ganz schrecklich betrogen fühlen, sage ich.

Aber geh, sagt Josefa und versucht den Blick abzuwenden. Sie zerknittert die Serviette, und ihre Lippen bewegen sich, als würden sie etwas sagen wollen. Aber sie senkt nur den Blick und schaut in ihre leere Kaffeetasse.

Für mich warst du immer Anni und dann Anna, weil du erwachsen geworden bist und du nicht mehr Anni sein wolltest. So wie ich nicht mehr Josefi sein wollte. Das habe ich mir von dir abgeschaut. Ich habe ja nicht geglaubt, dass mich jemand ernst nimmt, wenn ich beim richtigen Namen genannt werden will. Außerdem bist du die beste Tante, die meine Kinder haben können. Die Zwillinge reden heute noch davon, wie sie mit dir ans Meer gefahren sind. Da wollen sie wieder hin zum Schnorcheln.

Michael ist Bäcker geworden, weil du mit meinen Kindern das beste Brot gebacken hast. Habe ich dir erzählt, dass ich wieder Oma werde?

Erneut hat Josefa das Thema gewechselt und versucht, mich versöhnlich zu stimmen. Ich blicke auf die Uhr.

Bettina ist wieder schwanger, sagt sie. Dabei ist sie so gern Krankenschwester.

Sie fehlen mir sehr, Bettina und Julian. Er hat gerade laufen gelernt, als sie ausgezogen sind. Jetzt ist es so ruhig daheim.

Die Ruhe könntest du ja auch genießen, sage ich und frage mich wie so oft, wann Josefa bisher je zufrieden war mit ihrem Leben. Was sie brauchen würde, um ein glücklicher Mensch zu sein.

Quäle ich dich? Jammere ich zu viel?

Ich muss bald gehen, Josefa. Und ich weiß immer noch nicht, warum du dich mit mir treffen wolltest.

Damit ich's nicht vergesse: Ich soll dir schöne Grüße von Martha ausrichten.

Es wäre unhöflich, mich nicht nach Marthas Befinden zu erkundigen.

Ist sie noch immer geschwächt von der Chemo?

Sie ist wieder gesund, da bin ich mir sicher. Im Herbst wird sie wieder im Schulsekretariat arbeiten. Ich hoffe, die vier Jahre bis zur Pension werden ihr nicht zu lang. Isabella ist wieder nach Paris.

Ja, Isabella hat mich besucht.

Sie hat dich besucht?

Sie ist hin- und hergerissen gewesen. Ob sie wieder in ihr altes Leben zurückkehren soll oder bei ihrer Mutter bleiben. Ich habe ihr die Entscheidung nicht abnehmen können. Sie muss selbst damit fertigwerden.

Evelin ist jetzt in den Ferien mit ihren Kindern oft bei Martha. Sie hat sogar das Grab ihres Vater neu bepflanzt. So fleißig kannte ich sie gar nicht. Ich dachte immer, als Frau Lehrerin will sie sich nicht die Finger schmutzig machen.

Du hattest immer Probleme mit Evelin.

Weil sie ihre Mutter so ausgenützt hat nach Strich und Faden.

Du kennst nur Marthas Wahrheit.

Wieder habe ich es nicht lassen können, belehrend zu sein. Ein Blick auf die Uhr sagt mir, dass es höchste Zeit ist, aufzubrechen. Das Navi sagt, ich brauche eine Stunde und neun Minuten bis zur Justizanstalt. Staus nicht miteingerechnet.

Josefa, du wolltest mir doch etwas sagen, erinnere ich sie.

Ich begleite dich zum Auto, sagt sie. Weißt du

noch, wie wir immer davon geredet haben, dass wir ein Dreimäderlhaus bauen? Das weißt du nicht mehr? Ich hab das nie vergessen. In all den Jahren ist der Gedanke immer dagewesen.

Josefa redet, während ich bezahle, wir uns die Jacken anziehen und nach draußen gehen.

Und weißt du, ich glaube noch immer daran, dass wir einmal wieder unter einem Dach wohnen werden. Katharina, du und ich. Die Vorstellungen davon haben sich ein bisschen geändert, das schon. Schließlich sind wir bald alte Frauen.

Alte Frauen!, rufe ich. Meine Kinder gehen noch zur Schule. Ich bin achtundvierzig. Ab wann ist man für dich alt?

Sie lacht und lässt ihre schwarzen Zähne sehen.

Alt sind wir noch lange nicht, aber älter werden wir. Warum sollten wir nicht wieder näher zusammenrücken? Bei uns ist viel Platz, Bettinas Wohnung ist wieder frei.

Lad doch Andreas ein. Er hat gesagt, er würde gerne wieder Zeit im Mühlviertel verbringen.

Weißt du, an einen Zweitwohnsitz für dich und Katharina habe ich gedacht. Vielleicht willst du ja auch öfter ein paar Tage ohne die Kinder verbringen. Und Katharina könnte hier ausspannen, die Politik vergessen. Vielleicht wollen wir auch öfter etwas gemeinsam unternehmen. Wandern, kochen, Theater spielen.

Du möchtest Theater spielen?

Wir könnten uns gegenseitig etwas beibringen.

Du könntest uns etwas über Schauspiel lehren. Ich meine, wir könnten ja mit gelegentlichen gemeinsamen Wochenenden anfangen, und wenn ihr in Pension geht, dann könntet ihr mehr Zeit hier verbringen, wir könnten die Wohnung ausbauen, damit wir uns nicht gegenseitig stören.

Ich denke an Katharinas Schilderung über ihre Bleibe im Waldviertel. Josefa hat sich an meinen Arm gehängt und versucht mit mir Schritt zu halten. Ich habe es eilig. Josefa, sage ich, als wir beim Parkplatz sind und ich die Autotür öffne. War es das, worüber du mit mir reden wolltest? Über das Dreimäderlhaus? Oder geht es doch um Vater?

Manchmal, sagt sie, manchmal stelle ich mir vor, ihr würdet am Wochenende kommen, und dann freue ich mich darauf. Ich mache Pläne, was wir gemeinsam machen könnten. Denk nicht, ich sei verrückt, Anna. Es ist nur … Solange ich träume, glaube ich, dass etwas davon wahr werden könnte.

Josefas Lippen beben. Gleich würde sie zu weinen beginnen.

Du wolltest doch mit mir über Vater reden. Vater wäre nicht mehr so viel alleine.

Und du auch nicht. Josefa, du solltest öfter mal fort von daheim. Fahr mit Freundinnen weg. Wenn du willst, geh ich einmal mit dir ins Theater. Es tut mir leid, aber ich bin schon viel zu spät. Wir sehen uns bald wieder, okay? Grüß Papa von mir.

Schnell reiche ich ihr die Hand zum Abschied und steige ins Auto. Während ich den Motor anlasse, sehe ich zu Josefa, die neben dem Wagen stehen geblieben ist. Wie verloren sie wirkt, denke ich, und mir fällt ein, dass ich sie zum Abschied nicht wie sonst umarmt habe. Ich öffne das Fenster und strecke ihr die Hand entgegen. Tschüss, Josefa. Ich werde darüber nachdenken, was du gesagt hast. Mach dir ein schönes Leben und träum nicht zu viel, große Schwester. Josefa nähert sich dem Auto einen Schritt und ergreift zögernd meine Hand.

Du meldest dich ja doch wieder nicht. Es ist nicht wegen mir. Papa müsste mal raus. Kann er nicht mal ein paar Tage bei dir bleiben? Oder in Wien bei Katharina? Würdest du mit ihr reden?

Ich lasse Josefas Hand los. Warum kommt sie heute mit diesen absonderlichen Ideen? Was geht in ihr vor? Mein Ärger über ihre Erwartungen überwiegt.

Papa ist vierundachtzig. Was soll er in einer Wiener Stadtwohnung? Soll er mit Katharina ins Parlament gehen? Und ich habe kein Zimmer für ihn.

Die Buben sind doch gerade weggefahren. Jetzt wäre Platz.

Und was macht er bei mir den ganzen Tag? Ohne Tiere, ohne Werkstatt? Du hättest gleich darüber reden können, wie du dir das vorgestellt hast.

Ihr lasst euch nicht gern in eurem Glück stören, Katharina und du.

Ich habe nicht unbedingt einen einfachen Job.

Ich meine ja nur: Wer weiß, wie lang Papa noch lebt. Es könnte sein, dass es dir nachher leidtut.

Überlass das mir, Josefa.

Habe ich nicht vor wenigen Tagen das gleiche Gespräch gehabt? Mit Katharina, in vertauschten Rollen?

Anna, sagt Josefa und macht einen weiteren Schritt auf meinen Wagen zu. Nun steht sie so nahe, dass ich ihr beim Ausparken womöglich über die Füße fahren würde.

Ich hätte nicht gewollt, dass du wegen mir nicht nach Zürich gehst, sagt sie.

Vielleicht ist es besser so, wie es gekommen ist, sage ich. Ich habe es gern für dich getan.

Ich wende den Blick, sehe in den Rückspiegel, wage aber nicht loszufahren, solange Josefa so nahe am Auto steht. Ich gebe ein wenig Gas, schließe das Fenster. Aber Josefa geht nicht zurück. So kenne ich sie nicht, denke ich. Der Schatten, den Josefa ins Auto wirft, ist unheimlich. Josefa klopft an die Scheiben. Es ist ein dringliches Klopfen, wie von jemandem, der aus seinem Gefängnis befreit werden möchte. Ich öffne das Fenster wieder.

Und ich hab immer geglaubt, ich wäre diejenige, die Bernadette ersetzt hat, sagt sie. Dann tritt sie einen Schritt zurück. Josefas Worte scheinen in meinem Kopf zu explodieren. Nein, es sind nicht die Worte. Es ist die Melodie dieses Satzes, aus dem ich Enttäuschung und Missbilligung zu hören glaube. Die eine Tür öffnet zu einem Raum, der bisher dunkel geblieben ist. Mir wird brennend heiß und kalt zugleich.

Ich schließe das Fenster und setze zurück. Als ich nach dem Wenden noch einmal in den Rückspiegel sehe, ist Josefa verschwunden.

SUCHEN UND FINDEN

Der dritte Häftling lässt auf sich warten. Er und zwölf weitere Haftinsassen haben sich als Teilnehmer für das Forum-Theaterprojekt gemeldet. Mittels Rollenspielen sollen Konflikte gewaltfrei gelöst werden. Mit meiner Crew habe ich vereinbart, dass wir als ersten Schritt mit den Interessierten alleine sprechen und die Gruppe aufteilen würden. Wir müssen wissen, ob diese Menschen die sozialen Voraussetzungen mitbringen. In drei Wochen soll das Projekt starten. Mit fast einer Stunde Verspätung bin ich hier angekommen. Niemand hat sie mir übel genommen. Die ersten zwei Gespräche sind gut verlaufen. Ein Name steht noch auf meiner Liste: Rainer Schilcher, geb. 1976.

Josefa stiehlt sich in meine Gedanken. Noch immer habe ich ihre ungewöhnlich tiefe Stimme im Ohr. Wann habe ich sie jemals zuvor so reden hören?

Ihre Worte haben mich wie ein Stromschlag getroffen, der mich durchgeschüttelt hat, und ich konnte nichts dagegen tun. Ich fuhr zur Stadt hinaus, verließ meine Fahrtroute und hielt irgendwo. Nicht wissend, was ich hier suchte, lief ich einen Waldweg entlang. Das Schütteln wich dem Schluchzen. Nur langsam begann ich zu begreifen, was mir Josefa zu verstehen gegeben hatte.

Wer könnte sie auf die Idee gebracht haben, unsere tote Schwester ersetzen zu müssen? Jemand musste ihr das schon als kleines Kind geflüstert haben, immer wieder, bis sie es selbst glaubte. Oder wahrscheinlicher: gar nie an eine andere Bestimmung glauben konnte. Es als ihren Lebensauftrag wahrgenommen hat. Vielleicht war Großmutter die Flüsternde gewesen. Oder doch eher Tante Frieda? Sie hatte bei jedem Besuch davon erzählt, welche Botschaften sie von Jesus und von Heiligen aus dem Jenseits empfangen habe und welche Aufgaben die armen Sünder auf Erden zu erfüllen hätten.

War Josefa deshalb von Kindheit an darum bemüht gewesen, es den Eltern recht zu machen, den Erwartungen zu entsprechen? Die Geschwister zusammenzuhalten? Geschichten aus unserer Kindheit fielen mir ein. Als Josefa Kathi aus dem Sumpf retten wollte und dabei sich selbst nicht mehr befreien konnte. Wie sie uns beschwor, dass wir drei Schwestern ein gemeinsames Haus bauen würden. Von dieser Idee schien sie besessen zu sein. Ich dachte daran, wie verzweifelt sie war, als sie schwanger war und damit haderte, wie enttäuscht von ihr die Eltern deswegen sein würden.

Und schließlich, als sie erfahren musste, dass Vater nicht in ihr, sondern in mir Bernadettes Seele vermutete – wie sehr musste sie Vater damit enttäuscht haben?

Nach Bernadettes Tod hatten sich die Eltern ein Kind herbeigesehnt, das über den Schmerz hinweghelfen sollte. Die Freude war groß, als es dann auch noch ein Mädchen war. Und es wurde wieder gejubelt und gelacht.

Meine Ankunft hingegen war ungeplant gewesen, wie so oft damals, hatte man mir erzählt. Bei der Steißgeburt hatte es meine Mutter besonders schwer gehabt. Weil ich die Muttermilch nicht vertrug, bekam ich rote Ausschläge. Vor Angst, ich könnte auch sterben, brachten sie mich rasch in die Kirche, um mich taufen zu lassen. Wer wusste schon, was Gott an Sühne wollte, für die Schuld, die meine Eltern wegen des verunglückten Kindes auf sich geladen hatten.

Auf dem Weg zur Haftanstalt versuchte ich mehrmals Josefa anzurufen, legte aber auf, bevor sie sich meldete. Was hätte ich ihr sagen wollen? Dass es mir leidtue, sie nicht in den Arm genommen zu haben. Dass ich sie nun verstünde? Ich wollte mein schlechtes Gewissen beruhigen. Weil Josefa im Glauben an ihre Bestimmung getan hat, was die Eltern von ihr erwarteten, konnte ich mein Leben selbst bestimmen. Ohne mich um Vaters Wunsch, ich möge den Hof übernehmen, zu kümmern. Was wäre aus dem Hof geworden, wenn nicht Josefa ihn weitergeführt hätte? Auch Norbert hatte keine Lust darauf gehabt und stattdessen mit seiner Frau einen Therapiehof für beeinträchtigte Menschen gegründet. Würde sich Josefa nicht um Vater kümmern, wer täte es sonst?

Ich habe Josefa gesagt, ich sei damals wegen ihr geblieben, statt die Schauspielausbildung in Zürich zu machen. Das stimmt zwar, es hatte sich aber herausgestellt, dass ich mir die Ausbildung zu dem Zeitpunkt ohnehin nicht hätte leisten können. Wie lange blieben wir in der Schuld der anderen?

Solange sie träume, hat Josefa gesagt. Solange wir träumen, zweifeln wir, ob der Traum überhaupt der Wirklichkeit entsprechen kann. Ich bin mir nie sicher, ob meine Träume der Realität standhalten. Rückblickend stelle ich fest, dass sie es oft getan haben. Warum nicht Josefas Träumen eine Chance geben? Warum nicht etwas dazu beitragen?

Es ist jetzt Mitte Juli. In einem Monat hat Josefa ihren fünfzigsten Geburtstag. Katharina und ich könnten ihr gemeinsame Tage schenken. Und ich könnte mich dann auch um Vater kümmern. Ich muss Katharina anrufen und ihr von der Idee erzählen. Ihr zu erklären, warum für unsere Schwester dieses Geschenk wichtig ist, wird mir hoffentlich gelingen.

Gleich nach dem letzten Gespräch in der Haftanstalt werde ich Katharina anrufen.

Der Häftling kommt in Begleitung eines Wachbeamten. Der Mann sieht an mir vorbei, als er auf dem Stuhl gegenüber Platz nimmt. Ein kleiner Tisch steht zwischen uns, auf dem mein Notizbuch liegt. Er lächelt auf sonderbare Art. Ich erkenne ihn sofort. An seinen weit auseinanderliegenden grünen Augen. Sein strähnig-schütteres Haar reicht bis über die Schultern. Damals war er ein kleiner Bub. Ich rechne nach. Mehr als dreißig Jahre müssen seither vergangen sein. Ich stelle mich vor und frage ihn, welche Vorstellungen er von diesem Theaterprojekt habe. Er richtet den Blick auf das Notizbuch und auf meine Hände, die darauf liegen. Dann beugt er sich vor und ergreift meine linke Hand. Ehe er sich's versieht, schlage ich mit der Rechten auf seine Finger. Überrascht sieht er auf und zieht seine Hand weg. Ich bemühe mich um Fassung.

Spielen Sie so Theater?, frage ich. Er lehnt sich zurück, verschränkt die Arme und setzt wieder sein sonderbares Lächeln auf. Sein Blick geht abermals an mir vorbei.

Wir nehmen nicht jeden, sage ich. Gewisse soziale Fähigkeiten setzen wir voraus.

Frauen wie dich kann ich nicht ausstehen, sagt er an mir vorbeiredend.

Duzen wir uns? Nicht dass ich wüsste, beantworte ich meine Frage. Ich nehme das Notizbuch und suche nach seinem Namen. An die Begegnung und an sein Gesicht kann ich mich sehr genau erinnern, an den Namen nicht.

Grenzüberschreitungen dulde ich nicht, mache ich klar. Wenn Sie Probleme damit haben, Herr Schilcher, dann wird eine Zusammenarbeit nicht infrage kommen.

Der Mann sagt nichts. Ich lehne mich ebenfalls zurück und beobachte ihn. Keine Gemütsbewegung ist zu erkennen. Die Mariedl, sage ich, die mochten Sie. Ein Ruck geht durch seinen Körper.

Er sieht mich mit zusammengekniffenen Augen an. Wie jemand, der auf der Hut ist. Nach dem Besuch mit Mariedl habe ich ihn nicht wiedergesehen.

Als kleiner Bub sind Sie mit Mariedl bei uns zu Hause gewesen, sage ich. Aus meinem Häferl haben Sie Kakao getrunken. Draußen schneite es, und Sie hatten eine viel zu dünne Jacke an. Mariedl erzählte, dass Sie immer mit ihr in den Wald gingen und den ganzen Tag mit ihr Holz schlichteten. Meine Schwester borgte Ihnen ihren grünen Pelzmantel.

Die Mariedl, sagt der Mann. Die konnte die Zunge nicht bewegen. So hat sie geredet. Er bewegt seinen Mund und spricht so, wie ich mich an Mariedl erinnere. Sie hatte eine schnarrende Stimme. Manche Mitlaute vermochte sie nur mit sehr großer Anstrengung auszusprechen. Rainer gestikuliert, wie Mariedl es getan hat. Seine Darstellung strotzt vor Spott. Glaub ja nicht, die Mariedl sei als Jungfrau gestorben, sagt er. Ich weiß, wer sie gefickt hat.

Na und, sage ich so laut, dass meine Stimme seine übertönt. Ein Kind ist er, sage ich mir. Er überspielt die Gefühle, die das Wort Mariedl ausgelöst haben. Möglicherweise würde er nicht einmal sich selbst eingestehen, dass diese einfache Frau ihm etwas bedeutet hat. Mein Gegenüber setzt wieder sein Lächeln auf, verschränkt die Arme und wendet den Blick zu mir. Ich kenne diesen Blick. Von damals, als er sich noch einmal umdrehte und dann mit Mariedl in den Wald ging. Ich glaube, den kleinen Buben in den Augen dieses Mannes zu erkennen. Und dem Kind verzeihe ich das dumme Gerede.

Was weißt du von mir, fragt er und sein Blick hat etwas Lauerndes.

Das ist alles, was ich von dir weiß, sage ich.

Ich habe ein Mädchen und ihren Freund mit Strychnin vergiftet. Und ihnen beim Todeskampf zugesehen, sagt er.

Durch das Fenster ist Ö3-Musik zu hören. Nur noch kurz die Welt retten, höre ich. Ein Lied, das ich täglich aus den Zimmern meiner Söhne höre.

Für einen Moment schließe ich die Augen. Das Bild des kleinen Buben, der Geborgenheit vermisste und sie bei Mariedl suchte, zerbricht. Es zerfällt in Tausende Scherben, die durch die Luft fliegen und mir ins Fleisch schneiden. Hinter dem Scherbenmeer steht das Bild des Mannes Ende dreißig, der verantwortlich ist für das, was er tut. Der nicht aus kindlicher Neugier oder Unwissenheit handelt.

Beim Öffnen der Augen fällt mein Blick auf die Narben auf den Unterarmen des Mannes. Schnittwunden führen kreuz und quer über seinen linken Arm.

Nur weil du etwas von mir weißt, heißt das nicht, dass ich jetzt ein besserer Mensch bin, sagt er.

Ich hätte das nicht wissen müssen, sage ich.

Du hättest mir nichts über mich erzählen brauchen, sagt er.

Ich wollte sein dummes Gehabe unterbrechen. Ihn mit seinen Gefühlen zu konfrontieren, erschien mir als gutes Mittel. Im Bewusstsein, dass ich keine Kontrolle darüber hatte, wie mein Gegenüber reagieren würde. Jemanden ungefragt zu seinen Emotionen zu führen, kommt einer Gratwanderung gleich. Zuerst Beziehung herstellen, Vertrauen aufbauen. Ich habe getan, als gäbe es die Beziehung. Es gibt eine, die sich aus einer Erinnerung speist. Dass er seine grausame Tat erwähnt, ist kein Vertrauensbeweis. Die Tat hat er längst vor Gericht gestanden. Vermutlich will er wissen, ob ich ihm gewachsen bin.

Wir verabschieden uns. An der Tür sieht er sich noch einmal um. Die Mariedl war schon in Ordnung, sagt er und drückt ein Auge zu. Willst du wissen, wer sie gefickt hat?

Draußen höre ich aus dem Radio die Ö3-Moderatoren quasseln, die mich an aufgescheuchte Hühner erinnern. Ich versuche, das zerbrochene Bild des Buben zusammenzufügen, während ich auf meinem Stuhl sitzen bleibe. Teilchen für Teilchen suche ich. Die Scherben sind zu zahlreich. Den Buben von damals, aus dem ich einen besseren Menschen machen wollte, gibt es nicht mehr. Ob das Theaterprojekt eine Chance für ihn sein könnte? Oder war es für ihn tatsächlich zu spät, Menschen mit Respekt zu begegnen? Wertschätzung und Zuneigung – könnte das bei diesem zerstörten Menschen noch etwas bewirken? Daran würde ich gerne glauben.

Mir ist kalt. Unwillkürlich denke ich an den heutigen Morgen. Ich hatte Wärme gesucht und mich an Armins Rücken geschmiegt. Das Gefühl von Geborgenheit durchströmte meinen Körper und erfüllte mich mit Dankbarkeit. Ich hörte, wie die Buben den Koffer aus dem Schrank räumten. Sie freuten sich auf die Tage in Wien.

Wie so oft fragte ich mich, ob ich den Kindern alles geben kann, was sie zu eigenständigen, verantwortungsvollen Menschen macht. Und wann es zu spät sein würde, ihr Selbstvertrauen zu stärken.

Meine Hand unter der Decke fuhr zu Armins

behaarter Brust. Wie beruhigend es ist, sein Herz in meiner Handfläche schlagen zu spüren. Immer wieder muss ich mich davon überzeugen, dass nichts passiert, was gegen meinen Willen mein Leben verändert. Vor lauter Angst kannst du das Leben nicht genießen, sagt Armin oft.

Der Text aus »Someone Like You« von Adele ertönt aus dem Radio.

You know how the time flies
Only yesterday was the time of our lives
We were born and raised
In a summer haze
Bound by the surprise of our glory days.

Während ich das Lied höre, werden meine Lider bleiern schwer. Ich lege den Kopf zurück in den Nacken. Ein Bild taucht vor meinen Augen auf: der Obstgarten des Elternhauses. Die vielen Bäume stehen in Blüte, und die Frühlingssonne leuchtet ungewöhnlich hell. Und ich sehe hinter jeden Baum. Zuerst suche ich den Buben Rainer, dann ist es Josefa, die ich hinter einem Obstbaum zu finden hoffe.

Eine Tür wird lautstark geöffnet. *Don't forget me I beg I'll remember you said*, singt Adele, und ich frage mich, warum das Lied nun fast zu Ende ist. Habe ich geschlafen? Während ich mich erschrocken umdrehe, ist noch immer das Bild mit den blühenden Obstbäumen in meinem Kopf. Ein Wachbeamter steht in der Tür. Schön habt ihr es hier, sage ich, um im gleichen Moment fast im Boden zu versinken. Kaum ein anderer Satz wäre an diesem Ort unpassender gewesen.

Ich stehe auf, schiebe den Stuhl unter den Tisch und nehme das Notizbuch. Über Rainer Schilcher habe ich keine Notizen gemacht. Ein Blick auf die Uhr sagt mir, dass ich längst zu spät zum Tenniscamp kommen werde. Armin wird verärgert sein. Trotzdem werde ich zuerst Katharina anrufen.

NEUE WEGE

Hier war ich schon ewig nicht mehr, sagt Katharina. Ist da nicht ein Haus gestanden?

Das Grub-Häusl, meint Josefa und geht mit uns dem Wald zu. Vielleicht finden wir Pilze, sagt sie und sieht sich um.

Jetzt, im Oktober?, frage ich. Du kennst dich mit Pilzen aus?

Und ob, sagt sie. Zwischen den Birken umherstreifend, entdeckt sie tatsächlich einen Pilz und pflückt ihn.

Wer darf den essen?, fragt Katharina, bricht ein kleines Stück vom Schirm und isst es. Spielen wir ein Spiel, schlägt sie vor. Ich weiß, ich weiß, was du nicht weißt. Kennt ihr das?

Scherzkeks, sage ich. Das Spiel haben doch wir selbst erfunden. Ich weiß etwas, was ihr nicht wisst: Dort drüben in der Felsenhöhle hat sich Mutter mit Mischa getroffen. Dort haben sie es miteinander getrieben.

Du spinnst, sagt Josefa und stößt mich in die Rippen. Anni reimt sich noch immer Geschichten zusammen.

Wer weiß, was wahr ist? Und sag nie wieder Anni!

Wahr ist, dass ich fünfzig und bald zweifache Oma bin. Hast du noch Mamas Mantel?

Er hängt seit fünfundzwanzig Jahren in meinem Schrank.

Und ich trage immer noch die Perlenkette von ihr.

Jetzt bin ich dran, ruft Katharina. Ich weiß, ich weiß, was ihr nicht wisst: Die Lehramtsprüfung habe ich damals erst beim zweiten Anlauf geschafft.

Anna, du müsstest wissen, ob das wahr ist.

Mir hat sie das nicht erzählt. Wenn das wahr ist, Katharina, warum hast du das damals nicht gesagt?

Weil ich mich geschämt habe. Jetzt bist du dran, Josefa.

Josefa pickt mit den Fingern auf dem Pilz herum. Ich weiß, ich weiß, was ihr nicht wisst: Ich lasse meine Zähne richten. Zwei Brücken, eine Krone. Dann kann ich wieder den Mund aufmachen beim Lachen.

Gott sei Dank machst du das. Ich dachte schon, du würdest ohne Zähne alt werden.

Glaubt ihr mir denn?

Hast du schon einmal gelogen?, fragt Katharina. Sie stellt sich ganz nah vor Josefa, nimmt ihren

Kopf zwischen die Hände und blickt ihr in die Augen.

Und ob, sagt Josefa. Sie wird rot, lacht und befreit sich aus Katharinas Griff.

Wann könnte Josefa gelogen haben?, frage ich.

Ich muss euch doch nicht beichten, sagt Josefa, die Entrüstete spielend.

Ich weiß, ich weiß, was ihr nicht wisst, setzt Katharina fort. Gernot und ich heiraten nächstes Jahr. Und ihr seid herzlich eingeladen.

Nicht wahr, sage ich. Katharina lügt.

Einmal sage ich die Wahrheit, und ihr glaubt mir nicht. Katharina bleibt stehen und sieht einem Weg entlang, der in den Wald führt. Den Weg kenne ich nicht, sagt sie. Der war früher nicht da. Nehmen wir ihn halt, meint Josefa. Dann kennst du ihn.

Genau, sage ich. Mal sehen, wo er uns hinführt.

Mein Dank gehört all jenen, die den Schreibprozess vorangetrieben haben, sei es durch Kritik, Anregungen und Ermutigungen.

Meiner Mutter, die mich mit ihren Erzählungen inspiriert hat.

Meinem Mann Peter und meinen Töchtern Lucia und Else für das Verständnis meiner Schreibattacken, während derer ich zwischen der realen und fiktiven Welt hin- und herwandelte.